進士武林

진사무림

2

봉황송 신무협 장편소설

ORIENTAL FANTASY STORY & ADVENTURE

dream
books
드림북스

진사무림 2

초판 1쇄 인쇄 / 2013년 10월 29일
초판 1쇄 발행 / 2013년 11월 5일

지은이 / 봉황송

발행인 / 오영배
책임편집 / 편집부
펴낸 곳 / (주)삼양출판사 · 드림북스

주소 / 서울특별시 강북구 솔샘로67길 92
대표 전화 / 02-980-2112 팩스 / 02-983-0660
편집부 전화 / 02-980-2116 팩스 / 02-983-8201
블로그 / blog.naver.com/dreambookss

등록번호 / 제9-00046호
등록일자 / 1999년 3월 11일

ⓒ 봉황송, 2013

값 8,000원

ISBN 978-89-542-5447-2 (04810) / 978-89-542-5445-8 (세트)

* 지은이와 협의하에 인지는 생략합니다.
* 잘못된 책은 구입한 곳에서 바꾸어 드립니다.

이 도서의 국립중앙도서관 출판시도서목록(CIP)은 서지정보유통지원시스홈페이지(http://
seoji.nl.go.kr)와 국가자료공동목록시스템(http://www.nl.go.kr/kolisnet)에서 이용하실 수
있습니다. (CIP제어번호: 2013022064)

進士武林

진사
무림

2

봉황송 신무협 장편소설

ORIENTAL FANTASY STORY & ADVENTURE

dream
books
드림북스

進士武林

진사
무림

목 차

第一章 연구 | 007

第二章 장법 | 025

第三章 정방보 | 047

第四章 사갈철왕 | 071

第五章 도끼 만행 소년 | 089

第六章 여자 | 109

第七章 노설화 | 129

第八章 청란루 | 153

第九章 장음 | 173

第十章 가상현실 | 199

第十一章 무아지경 | 221

第十二章 성적 향상 | 239

第十三章 외가비망 | 261

第十四章 전율 | 279

第十五章 마지막 대결 | 309

第一章

연구

이한열의 눈빛이 번뜩였다.

휘익!

강호빈의 주먹이 빠르게 쇄도했다.

슥!

이한열이 재빨리 반걸음 앞으로 내디디면서 움직였다. 무공도 아니고 춤도 아닌 흐느적거리는 몸놀림이었다. 그러나 자유로운 반보의 발걸음에는 빈 공간을 거침없이 채워 넣는 충만함이 있었다.

휘익!

강호빈의 주먹이 처음으로 허공을 가로질렀다.

"이런!"

강호빈의 입에서 어이없어하는 말이 흘러나왔다.

자신이 힘도 없이 호리호리한 학사를 상대로 헛손질을 했다는 사실에 놀랄 수밖에 없었다.

"해냈다."

처음으로 강호빈의 일격을 피해 낸 이한열이 환호했다.

그는 짧은 시간이지만 지속적으로 땀을 흘렸고, 수많은 책들을 섭렵하면서 간접적으로 경험했으며, 전재일에게 가르침을 받으며 모자란 점을 채웠다.

그리고 강호빈의 구타를 통해 육체적으로도 점차 튼튼해져 갔다.

모든 것들이 하나로 합쳐지면서 종합적인 효과를 냈고, 그것이 강호빈의 일격을 피할 수 있게 만들었다.

학사는 미리 준비하는 사람이다.

미리 준비하는 데 있어 이한열은 누구보다 충실했다.

기존에 있었던 강호빈과의 대결을 떠올리며 복습했고, 강호빈의 여러 가지 권법과 각법 등을 보고 연구했으며, 그에 대한 해결책을 찾았다.

맞을 때는 구타연신으로 외문무공을 강화시켰고 그렇지 않을 때는 학사만의 방식으로 대처했다.

'힘과 힘의 충돌에서는 강한 사람이 이겨! 강호빈 금군

도두는 오랜 시간 무공을 수련해 온 사람이다. 정면으로 부딪치면 약한 내가 질 수밖에 없어.'

이한열은 학사만의 관점으로 무공에 접근했다.

기초적인 수련법을 정통으로 따랐지만 무작정 수련하지는 않았다. 기초적인 수련법의 이론과 그에 대한 효과와 효율, 그리고 새로운 방법이 있지 않을까를 늘 연구했다.

약육강식!

강자지존!

세상의 힘의 법칙이다.

강한 사람이 이기는 것이 원칙이라면 약한 사람은 항상 져야만 한다. 하지만 간혹 세상에는 예외적인 상황이 벌어진다.

이한열은 학사의 시각으로 이런 예외적인 방법을 찾으려고 노력했다.

그가 땀 흘리며 수련하고 있는 외문무공은 분명히 강호의 외문무공이지만 전혀 이질적인 외문무공이라고 말할 수 있었다.

바로 학사의 이론과 습성이 가미됐기 때문이다.

그리고…….

구타연신을 통해 건강 상태가 좋아지면서 땀 흘려 수련하는 외문무공이 오히려 즐거워졌다. 그리고 몸이 건강해지면서 그의 머리까지 보다 강력해졌다.

이한열에게 있어 외문무공 수련은 뇌력 개발의 무도이다.

구타연신을 통해 인체의 장기들이 하나둘씩 활성화되었고, 뇌도 그런 영향을 받았다. 뇌의 힘인 뇌력이 강해지면서 종전보다 더욱 총명해졌다.

사실 구타연신에 뇌력 개발이 있기는 하지만 그 영향력은 미미했다.

하지만 이미 머리가 어느 정도 트여 있는 이한열은 미미한 영향에도 큰 효과를 봤다.

아픔이 있긴 했지만 건강해지고 뇌력까지 높아진 이한열은 한 번도 쉬지 않고 강호빈에게 덤벼들 수 있었다.

이제 없는 시간도 만들어 내서 강호빈과 싸워야 할 판이었다.

"봐주면서 했더니 까불고 있군요. 오랜만에 몸 좀 풀어 보렵니다."

만면에 웃음을 띠고 있는 이한열을 보면서 강호빈이 으르렁거렸다.

사실 기분 전환용으로 이한열을 때려 오고 있었지만 지금까지는 몸에 제한을 뒀다. 만약에 그가 힘껏 때렸다면 이한열은 벌써 땅 파고 들어가 영면을 취해야만 했을 것이다.

그와 대결하는 와중에 진사인 이한열이 죽는다면?

대형 사고였다.

아무리 유력한 집안 출신의 강호빈이라고 해도 크게 경을 치게 된다.

그렇기에 강호빈은 이한열을 상대로 적당한 힘만을 사용해 왔다.

휘잇!

그가 팔꿈치를 쭉 펴면서 주먹을 날렸다.

주먹의 속도가 종전보다 두 배로 빨라졌고, 그 안에 담긴 힘도 두 배로 강해졌다.

저벅!

허리를 약간 떨어뜨리면서 중심을 안정시킨 이한열이 오른발을 축으로 회전하면서 원을 그렸다.

힘과 힘의 충돌을 피하기 위해서는 둥근 원의 움직임이 가장 합리적이라는 사실을 무학 서적을 통해 알았다.

무학 서적에 적혀 있는 내용에 의하면, 원과 원을 합치면 무한대로 몸을 움직이는 것이 가능하고, 원으로 포용할 수 있으면 못 막을 공격이 없다고 했다.

스르륵!

이한열이 팔을 감아 돌리면서 또 다른 원을 그렸다.

한 동작, 한 동작마다 원에 기초해서 움직이는 이한열의 동작은 마치 춤을 추는 것과 비슷했다.

몸을 움직이면서 만든 원과 팔을 감아 돌리면서 만든 원이 합쳐지면서 쇄도하는 강호빈의 주먹을 휘어 감았다.

스르륵!

흐느적거리는 이한열의 팔이 빠르고 강력한 강호빈의 주먹의 궤적을 바꿔 버렸다.

"흐느적거리는 그 움직임은 대체 무엇이오?"

공격에 실패한 강호빈이 신경질적으로 이한열의 팔을 밖으로 뿌리치고는 멈춰 서서 짜증 난 눈초리로 이한열을 바라보았다.

"흐느적거리는 것이 아니라 원기천이오. 원으로 그린 기로 하늘까지 닿을 수 있다는 의미이외다. 원은 모든 방어의 중심인 법이니까."

친절하게 설명한 이한열이 추가적으로 덧붙였다.

"방어는 원을 중심으로 공부했고, 공격은 삼각형을 중심으로 공부했소. 본 책들이 한두 권이 아니라오."

그는 원과 삼각형에 대해서 심도 있게 파고들었다.

그리고 그건 일시적인 공부로 끝나지 않고 현재도 진행 중이었다. 무공 이론 서적뿐만 아니라 산수에 대한 서적까지 탐독했다.

황궁의 서고에는 아직도 이한열이 읽어 볼 책들이 많이

남아 있었다.

"머리가 아프네."

이한열의 설명에 강호빈이 귀찮은 티를 팍팍 냈다.

원래부터 그는 무론에 대해 큰 흥미를 가지고 있지 않았다. 무공을 익힐 때도 이론적인 부분에서는 대충대충 넘어갔다. 책만 접하면 참지 못하고 꾸벅꾸벅 졸고는 했다.

이한열도 강호빈이 학문적인 부분에 대해서 싫어한다는 걸 한눈에 알 수 있었다. 하나, 그는 상관하지 않고 끝까지 자신만의 학사적인 부분을 내비쳤다.

이한열은 무론에 거의 목숨을 걸었다.

단순히 주먹을 내뻗는 움직임 하나에도 어떤 이치가 숨어 있는지 사색하고 탐구했다. 그리고 이치를 깨닫고 난 뒤에야 비로소 자신만의 주먹 내지르기를 얻을 수 있었다.

"무릇 알고 가는 길과 눈을 감고 가는 길은 다른 법이지."

"모르고 가도 종국에는 끝까지 가면 되는 일이지요."

"끝까지 갈 수 있을지도 모르겠지만 설령 도착한다고 해도 그 차이는 명확하지. 앞서 간 사람들의 배움이 무론에 녹아 있소."

"흥! 배움이 꼭 책에만 한정되어 있다는 소리는 하지 말아 주세요. 사람을 통해서 배워야 진정한 비전이니까. 중요하고 은밀한 오의는 책에 기록되어 있지 않지요."

강호빈이 코웃음을 치며 말했다.

책에 모든 것이 있다는 책상물림의 한심한 행태를 비웃는 것이었다.

강호의 비전과 오의는 사람과 사람 사이에서 전해진다.

비인부전!

사람이 아니면 전하지 말라!

재능과 인성을 갖추지 못한 사람에게는 비전과 오의를 함부로 전수하지 않는다. 단순히 재능만 보고 비전과 오의를 전수했다가는 큰 사단이 벌어지기 때문이다.

그런 사실을 강호의 역사가 증명했다.

하지만……

이한열이 강호빈의 비인부전에서 생각한 건 전혀 다른 점이었다.

"그런 식이면 맥이 많이 끊겼을 텐데……."

"킥!"

이한열의 중얼거림에 강호빈이 답답한 신음을 토해 냈다.

그는 눈앞의 이한열이 천생 학사라는 사실을 비로소 깨달았다. 먹물 냄새 팍팍 나는 이한열과 이야기하고 있으니 가슴이 꽉 막힌 것처럼 갑갑해 지독한 답답증을 참기가 어려웠다.

"이론이 전부가 아니라는 사실을 실전에서 직접 알려 주지요."

강호빈이 으스스하게 말했다.

물론 친절하고 상냥하게 알려 줄 생각은 없었다.

많이 때려서 직접 육체에 각인시켜 줄 생각이었다.

"알려 준다니 고마운 일이오."

이한열이 순진무구하게 반겼다.

스으윽!

강호빈의 주먹이 느릿느릿하게 움직였다.

"너무 느리오."

주먹의 움직임을 간파한 이한열이 가볍게 원으로 움직이면서 회피하려고 했다.

그런데 느린 주먹이 여전히 이한열의 어깨를 향해 날아오고 있었다.

"응?"

이한열이 재차 작은 원을 그리면서 빠르게 몸을 회전했다. 어깨에서 주먹을 떨쳐 내기 위한 그의 움직임에 여지없이 원이 만들어졌다.

하품이 날 정도로 느린 강호빈의 주먹이 이한열의 어깨에 닿았다.

빡!

둔탁한 소리가 일어났다.

"윽!"

이한열이 신음을 토했다.

둔탁한 망치에 맞은 것처럼 아픈 것이, 어깨가 끊어질 것
만 같았다.

축!

그의 오른쪽 어깨가 축 늘어졌다.

어깨를 움직이려고 해도 힘이 실리지 않았다.

스으으! 스으으!

맞은 부위에서 찌릿찌릿한 감촉이 계속됐다.

그렇지만 천천히 어깨에 힘이 돌아오기 시작했다.

맞기 직전 구타연신의 법을 통해 타격 지점인 어깨에 기
를 집중했기 때문이다. 사방으로 퍼졌던 진기가 다시금 어
깨를 향해 되돌아왔다.

"이것이 무엇이오?"

"발경이지요."

짧게 말한 강호빈은 다시 주먹을 내뻗었다.

스으으!

느릿하게 움직이는 주먹이 재차 이한열을 향해 움직였
다.

눈빛을 반짝인 이한열이 주먹에 시선을 집중하면서 앞뒤로 걸었다. 분주하게 걷는 그의 걸음이 천천히 원을 그렸다.

빡!

강호빈의 발이 이한열의 옆구리에 강력하게 꽂혔다. 무릎까지 회전하면서 제대로 꽂아 넣은 일격이었다.

발끝을 통해 전달된 진한 감촉에 강호빈이 웃었다.

"크윽!"

이한열의 입에서 답답한 신음 소리가 흘러나왔다.

"주먹 하나만 봐서는 안 되죠. 상대의 몸 전체를 한눈에 봐야 합니다."

강호빈이 흡족해하면서 말했다.

옆구리를 부여잡고 물러나는 이한열의 얼굴이 일그러져 있었다.

그 모습이 강호빈에게 즐거움을 선사했다.

매번 진초만을 사용하던 그가 처음으로 허초를 사용했다. 주먹에 이한열의 시선을 집중시켜 놓고 발로 때린 것이다.

"이것이 허초로군. 하긴 진짜만 있고 가짜가 없다면 어찌 질리지 않겠는가! 가짜가 있기에 진짜가 빛나는 것이지."

아픈 와중에도 불구하고 이한열이 입을 열었다.

진초만으로는 결코 좋은 효과를 볼 수 없다.

진초와 허초를 섞어서 펼쳐야만 좋은 결과가 뚝뚝 묻어 나온다.

"아직도 떠들 기운이 남았나 보군요. 제가 손속을 약하게 한 모양입니다."

강호빈은 이한열의 골 아픈 소리를 더 듣고 싶지 않았다. 아파하면서도 입을 놀리는 모습에 화가 절로 치밀었다.

스으응!

강호빈이 주먹을 느릿하게 뻗었다. 느리게 움직이는 주먹이 이한열의 전신을 노리고 나아갔다. 속도가 느렸기에 언제라도 공격의 변화가 가능했다.

빡! 뻑!

빡! 뻑!

강호빈의 주먹과 발이 이한열의 몸에 쏟아졌다.

무지막지한 구타 소리와 함께 이한열의 입에서 고통스러운 비명이 흘러나왔다.

"크윽! 악!"

맞을 때마다 지독하게 아팠기에 이한열은 숨을 쉬기도 어려울 정도였다.

주춤! 주춤!

이한열이 옆구리를 부여잡고 뒤로 물러났다.

숨이 턱턱 막혀 오자 그의 얼굴이 창백해졌다.

발경 섞인 공격이 육체적 한계를 뛰어넘을 정도로 이한열을 몰아붙였다. 구타연신의 법으로 막았음에도 몸속에서 퍼지는 발경은 무시무시했다.

발경에서 더 발전하게 되는 것이 바로 내가중수법이다.

이한열은 아직 몸속을 공격하는 발경에 대해 취약했다.

하나, 득달같이 달려들어 이한열을 구타하고 있는 강호빈이었다. 그는 주먹과 발을 뻗으면서 연신 이한열의 상태를 살폈다.

이한열의 일그러진 창백한 얼굴이 그의 눈에 가득 들어찼다.

하지만 여전히 이한열의 눈빛은 생생하게 빛나고 있었다.

뜻을 굽히지 않겠다는 의지의 눈빛에 강호빈은 기분이 나빠졌다.

'꼬장꼬장한 정신력만큼은 참으로 대단하군.'

강호빈이 불쾌한 마음을 담아 거칠게 발을 내질렀다.

퍽!

강호빈의 발이 이한열의 복부를 무지막지하게 걷어찼다.

"컥!"

답답한 신음을 토한 이한열은 숨을 쉬기가 어려웠다.

털썩!

이한열이 무릎을 꿇었다.

지독한 통증에 그의 얼굴이 땅에 닿으려고 했다.

"큭!"

이한열은 손으로 땅을 짚으면서 가까스로 버텼다.

부들부들!

팔에도 힘이 제대로 들어가지 않았다.

부르르 떠는 와중에도 빳빳이 고개를 든 이한열이 강호빈을 바라보았다.

'카아! 바로 이 맛이야.'

강호빈은 속으로 크게 환호했다.

진사인 이한열을 마음껏 때리고 무릎 꿇린 그는 강렬한 쾌감을 느꼈다. 자신보다 높은 신분의 사람을 때린다는 사실이 무척 즐거웠다.

'너무 심하게 때렸나?'

문득 걱정이 되었다.

마음 편하게 때릴 수 있는 이한열이 다음부터 안 하겠다고 하면 곤란했다. 그렇기에 그가 버틸 수 있을 정도로 적당하게 손을 놀렸다.

그렇지만 자꾸 입을 놀리는 이한열로 인해 소위 뚜껑이

열려 약간 심하게 손을 쓰고 말았다.

"잘 버텼습니다."

강호빈이 말했다.

"가르침을 줘서 고맙소. 다음에도 또 부탁하오."

이한열이 억지로 다리에 힘을 주어 일어나면서 말했다.

다리에 힘이 실리지 않아 그의 몸이 전후좌우로 흔들렸다. 금방이라도 쓰러질 것 같은 이한열의 모습이 무척이나 불안했다.

"하하하! 다음에 또 대결합시다."

다음에 또 때릴 수 있게 된 강호빈이 호쾌하게 웃으며 이한열에게서 멀어졌다.

"발경이라? 무서운 공격이군. 대비할 수 있는 방법을 연구해 봐야겠어. 그리고 진초와 허초를 구분하는 것도 어려웠어. 나무를 보지 말고 숲 전체를 봐야겠지. 그러면서도 나무에 대한 관심을 저버리지 않아야 해."

이한열은 다리를 질질 끌면서 주자소로 향했다.

스윽! 슥!

다리를 땅에 끌면서 걷고 있는 그의 온몸에서 통증이 밀려왔다.

그는 창백한 안색을 한 채 방금 전의 대결에서 몸으로 겪었던 내용들에 대해 떠올렸다. 그리고 대결 내용들을 복기하면서 그에 대한 대처법을 모색했다.

스윽! 슥!

다리를 땅에 질질 끌면서 걷고 있던 그의 몸이 점차 풀리기 시작했다. 힘이 들어가지 않던 몸이 점점 그의 의지대로 움직였다.

구타연신을 통해 만들어진 몸은 튼튼했다.

반쯤 죽도록 구타당했던 그의 몸은 더욱 강해지고 있었다.

저벅! 저벅!

이한열이 허리를 꼿꼿하게 펴면서 걷기 시작했다.

第二章

장법

슥!

이한열이 전재일에게 하나의 목판화를 건넸다.

깊은 산속의 계곡 한쪽에 매화나무가 있고, 그 앞으로 계곡물이 포말을 일으키면서 흘러간다. 일곱 송이의 매화꽃을 피운 매화나무가 금방이라도 쓰러질 것처럼 위태롭게 서 있었다.

목판화를 물끄러미 들여다보던 전재일이 입을 열었다.

"도장석 천하제일석공의 작품 '매화곡도' 이군. 어디서 구했는가?"

"시발서점에서 구했습니다."

"탁둔원이 가지고 있었다고?"

"제가 천하제일석공으로 불리는 도장석의 작품을 구해 달라고 부탁했습니다."

이한열이 말했다.

천하제일석공이자 화가이며 무인인 도장석의 작품은 세상에 많이 퍼져 있었다.

도장석은 조각품과 그림을 많이 만들었고, 또 판화도 많이 새겼다.

목판화는 원판만 있으면 계속해서 찍어 내는 것이 가능했다.

도장석은 자신의 작품을 될 수 있으면 많은 사람들이 볼 수 있기를 희망했고, 원판으로 찍어낸 똑같은 목판화들이 세상에 많이 퍼졌다.

그런 목판화 가운데 하나를 이한열이 구한 것이다.

"왜 구했는가?"

"천하제일의 솜씨를 지닌 석공이고, 그의 무공이 놀랍기 때문입니다."

"그것이 전부인가?"

"도장석의 작품을 보고 기연을 경험한 사람들이 있었다고 들었습니다."

"그렇지."

전재일이 흥미로운 듯 이한열을 바라보았다.

"사람들이 어떻게 기연을 접했는지 궁금했습니다. 그리고 저도 그런 기연을 접할 수 있을지도 모른다고 생각했지요."

이한열이 말했다.

그는 기연 제조기라고 불렸던 도장석의 작품을 통해 간접적으로나마 도움을 받기를 원했다. 하지만 결국 어떠한 깨달음도 얻지 못했다.

"과연!"

전재일이 고개를 끄덕였다.

이한열의 말처럼 많은 사람들이 도장석의 기연 제조에 대해서 궁금해한다. 그리고 그 기연 제조를 당하려고 도장석의 작품들을 살폈다.

하지만 시간이 흐르면서 도장석의 작품을 통한 기연 제조는 점차 줄어들어 가고 있는 형국이었다.

사람들이 연구하고 있지만 왜 기연 제조 현상이 약해지고 줄어들고 있는지 명확하게 밝혀지지는 않았다.

"보니까 어떤가?"

"간략한 선들이지만 그 형상이 온전히 드러나 있으니 자연스러움의 극치이지요. 서너 번의 움직임으로 목판화를 완성시킨 겁니다. 어떻게 이것이 가능한지 참으로 신기할 따름입니다.”

이한열이 얼굴을 붉게 물들이며 말했다.

목판화를 바라보는 그의 이마에 땀이 송골송골 맺혔다.

아는 만큼 보인다.

이한열이 아는 바로 볼 때 목판화 매화곡도는 간략하고 소박하나 거칠지는 않고, 우아하면서 자유분방했다. 그림의 자유분방은 결코 방종을 의미하는 것이 아니다. 그것은 허상과 허식을 벗어던진 질박이요, 소박함이었다.

“천하제일석공이 만든 작품의 내면을 알아보다니 대단하구나. 하하하!”

전재일이 크게 웃음을 터트렸다.

세상에 잔뜩 퍼진 매화곡도에 대해 많은 연구가 이뤄졌다. 매화곡도의 그림만을 수십 년 동안 연구한 사람들도 적지 않았다.

세속에 연루되지 않은 천진스러운 자연으로 나아가는 편안한 조화가 바로 매화나무를 비롯한 숲 속의 풍경에 담겨 있었다.

가식 없는 자유와 얽매이지 않은 분방, 그리고 세속에 연루되지 않은 초연의 품격이 그림에서 풍겨났다.

“아닙니다, 선생님! 선생님께서 천하제일석공 도장석에 대해 잘 정리된 서책을 주셨기 때문입니다.”

"내가 정리한 것이 아니라네."

"그렇지만 저에게 서책을 준 것은 선생님입니다."

이한열이 진심으로 고마워했다.

구슬도 꿰어야 보배다.

도장석이라는 사람에 대해서 이한열에게 알려 준 사람은 바로 전재일이었다.

전재일이 준 '도장석 일대기' 라는 책에는 도장석에 대한 내용들이 상세하게 기록되어 있었다.

이한열은 '도장석 일대기' 를 꼼꼼하게 읽었다.

책을 읽고 감명받은 그는 시중에 돌아다니는 도장석의 조각품이나 그림을 구입하기를 희망했다. 하지만 조각품은 가격이 너무나도 고가여서 살 수가 없었고, 그림도 엄청나게 비쌌다.

이한열이 구매할 수 있는 작품은 목판화가 전부였다.

"세월의 힘은 참으로 놀라워. 세월이 흐르면서 천하제일 석공이라고 불렸던 도장석을 가볍게 여기는 사람들이 생겨 났지. 기연을 제조하는 힘이 약해졌다고 하지만 아직도 도 장석이 남긴 작품을 통해 기연을 경험하는 사람들이 있다 고 하네. 기연을 얻어 일가를 이룬 사람들은 그런 사실을 철저하게 비밀에 부치지. 가족들을 비롯한 지인들과 기연 을 독점하기 위해서야. 사람들이 점점 감추고 독식하다 보니 모든 사람을 위해 남긴 천하제일석공의 바람은 이미 퇴색되어 버렸어."

"사람들은 이기적이지요."

"아직도 세상에는 도장석의 작품들이 많네. 그것들을 보면서 기연을 얻을 수도 있을 거야."

"그러기를 꿈꿉니다."

"황실에도 도장석이 남겨 놓은 작품들이 있네. 그것들을 살펴보게나."

"그렇습니까?"

이한열의 눈이 동그래졌다.

도장석에 대한 책들을 읽어 보았지만 그런 내용은 나오지 않았다.

"도장석은 한때 풍우석에서 나라의 녹을 먹으며 일했지. 그리고 황제에 의해서 억지로 정삼품 벼슬에 올랐어. 그때 도장석이 만들었던 작품들이 황궁에 남아 있다고 알려져 있네."

전재일은 한때 도장석에 대한 연구를 한 적이 있었다. 자료들을 모으기도 하면서 오랜 시간 공을 들여 많은 노력을 기울였다.

그 결과, 대부분의 사람들이 알지 못하는 사실도 몇 가지 알고 있었다.

"그렇군요."

이한열이 고개를 끄덕였다.

"당시 좋은 작품들을 많이 남겼다고 하는데, 알려진 바는 없네. 알다시피 황궁에서 벌어진 이야기를 밖에서는 알기 어려운 법이니까. 기회가 닿으면 찾아보게."

전재일이 말했다.

보통 사람들이라면 살아생전 황궁에 들어설 일이 거의 없었다.

도장석의 작품을 보기 원하던 전재일 역시 황궁에 한 발자국도 들이밀지 못했다.

그에 반해 이한열의 일터는 바로 황궁이었다.

황궁에서 일하는 이한열은 도장석의 작품을 살펴볼 수 있는 기회가 있었다.

"알겠습니다."

이한열이 눈빛을 반짝였다.

황궁에서 근무한다고 하지만 실상 이한열이 돌아다닐 수 있는 공간은 무척이나 좁았다. 만약 마음대로 돌아다녔다가는 곧바로 붙잡히게 된다.

황궁에서 마음대로 돌아다닐 수 있는 사람은 많지 않았다.

'허락을 받아서 될 수 있는 한 많은 곳을 돌아다녀 보

자.'

전재일의 이야기를 들은 이한열의 마음에서 도장석에 대한 관심이 더욱 커졌다.

슥!

전재일이 이한열의 얼굴을 빤히 바라보았다.

시퍼런 멍 자국을 보던 그가 미소를 지었다.

"얼굴이 참으로 예술적이군. 멍 자국으로 보아 꽤 아팠을 텐데?"

"아팠지요. 지금도 쑤십니다."

이한열이 담담하게 말했다.

그는 아파도 그걸 겉으로 내색하지 않았다.

싸우면서 느낀 건데, 감정을 고스란히 드러내는 건 좋지 않은 행동이었다. 그렇기에 이한열은 통증을 참고 평소의 얼굴을 유지하려고 노력했다.

처음에는 힘들었지만 노력 끝에 얼굴 표정을 평상시처럼 할 수 있었다.

멍 자국이 없었다면 그가 아파하는지 아닌지 얼굴 표정만 봐서는 알 수 없었다.

"외문무공을 익히는 데 문제는 없는가?"

"구타연신의 고통이 쉽지는 않습니다. 하지만 쉽지 않은 일이 어디 있겠습니까? 아직 멀었다는 생각으로 노력할 뿐입니다."

"배움에 왕도는 없는 법이지. 외문무공은 특히 처음 입문이 어렵네."

"맞으면 맞을수록 강해지는 느낌을 받고 있습니다. 그것이 없다면 고통을 참기 어려웠을 겁니다."

"자네에게 조언을 하지."

"경청하겠습니다."

이한열이 자세를 바로 했다.

"자네가 익히고 있는 구타연신은 맞는 법이 중요하다네. 고통을 참으면 참을수록 강해지는 것이지. 구타를 당하지 않으면 절대 강해질 수 없어. 고통을 이겨 내려고 하지 말고 즐기게. 노력하는 자는 즐기는 자를 이기지 못하는 법이니까."

"명심하겠습니다."

그는 고통을 적으로 여기고 이겨 내려고만 했다.

하지만 그건 잘못된 생각이었다.

'고통은 적이 아니라 나를 강하게 만들어 주는 친구였구나.'

이한열이 생각을 바꿨다.

전재일의 조언을 듣게 되자 그의 몸에서 기운이 절로 솟구쳤다.

단정한 용모에 눈빛이 초롱초롱 빛나는 이한열의 모습은 마치 귀공자처럼 멋있었다. 학문과 함께 무예를 익히고 있는 그의 장래가 기대됐다.

책과 그림을 보는 건 먼저 걸어간 사람의 흔적을 찾는 길이다. 사람들이 남긴 흔적을 찾아 간접적으로 경험하는 것이다.

이한열은 이와 같은 경험을 무수히 했다.

그는 먼저 나아간 사람들에게 가르침을 받아서 지식과 지혜를 쌓아 왔다.

과거를 준비했던 수험생으로 많은 지식을 열심히 외웠고, 사서오경 등을 하루 종일 입에 달고 살았다.

"도장석의 다른 작품들을 보고 싶습니다."

"보면 볼수록 빠져드는 매력이 있지. 이제 자네도 천하제일석공의 마력에 빠져들고 만 것이군."

전재일이 야릇한 표정을 지었다.

그 역시 지금까지도 도장석의 작품에 매료되어 연구하고 있는 실정이었다.

"내가 소장하고 있는 작품들은 올 때마다 구경하면 되는 일이고. 다른 작품들을 보고 싶으면 천화 거리를 찾아가 보면 되겠군. 그곳에는 골동품을 취급하는 상점들과 채화당 등이 많이 있지. 그 가운데 몇몇 곳들은 도장석의 작품들을 소장하고 있다네."

"그런 곳이 있었군요."

"천화 거리는 문화의 거리이지. 북경에서 가장 활발한 골동품 거래의 공간이기도 하다네. 북경 동쪽에 위치하고 있지."

"바로 찾아가 보겠습니다. 귀한 가르침을 주셔서 감사합니다."

이한열이 전재일에게 인사를 하고 천화 거리로 가기 위해 문을 나섰다.

저벅! 저벅!

주변은 어두웠다.

하지만 장사를 하는 상점들이 이렇게 이른 시간에 문을 닫지는 않았다. 상점에 내걸린 등불들에서 밝은 빛이 흘러나왔다.

밤바람을 맞으면서 이한열이 천천히 걸었다.

"어디에서 이처럼 많은 사람들이 나왔을까?"

북경의 밤거리에는 낮에 비해 많은 사람들이 돌아다니고 있었다.

반짝! 반짝!

이한열의 눈동자가 빛났다.

"예쁜 여자들이 밤에 많이 돌아다니네."

화려한 옷을 걸치고 있는 미모의 여인들이 거리에서 군데군데 눈에 띄었다. 낮에는 가뭄에 콩 나듯이 발견할 수 있었던 미모의 여인들이 밤거리에는 확연하게 많았다.

　"북경의 밤거리에 미인들이 많다고 하더니……."

　이한열은 세간의 말을 실감했다.

　명의 수도이자 정치, 경제, 상업의 중심지인 북경은 신분과 부귀영화의 척도에 따라 사는 지역이 나뉘었다.

　가난한 사람들이 사는 허름한 곳은 북경 외곽 지역에 집중되어 있었고, 부귀를 누리는 사람들은 황궁과 인접한 거리에 모여 있었다.

　천화 거리는 딱 중간 지역에 위치했다.

　그곳은 애당초 그림을 전문적으로 가르치고 배우는 채화당들이 세워져 있던 거리였다. 그런 거리에 그림을 사고파는 상점들이 하나둘씩 문을 열면서 천화 거리라는 이름을 얻었다.

　북경의 많은 사람들이 그림을 구매하기 위해 천화 거리를 방문했고, 이에 자극받은 상인들이 다른 물건들도 가지고 왔다.

　천화 거리에서는 그림과 함께 서예 작품, 도자기 등이 거래됐다.

　그리고 그림, 도자기, 귀금속, 문구류, 포목, 차 등 다양

한 물건을 취급하는 상점들이 번창했다.

천화 거리에는 싸고 나쁜 물건에서부터 좋고 비싼 물건들까지 없는 게 없었다. 그렇기에 자꾸만 손님들이 늘어났고, 세상의 각종 물건들이 천화 거리에 몰려들었다.

하층민부터 상류층까지 많은 사람들이 천화 거리를 돌아다녔다.

저벅! 저벅!

이한열이 천화 거리를 돌아다니면서 눈빛을 빛냈다.

사람 구경을 하면서 걷고 있던 그의 눈에 오래된 건물이 들어왔다. 골목길 한쪽에 세워져 있는 단층 목조건물에 '초연 채화당' 이라는 간판이 보였다. 고풍스러운 간판에 새겨진 글귀에 고아한 아취가 풍겼다.

"장법이 대단하구나."

이한열이 감탄했다.

장법(章法)이란 원래 문장을 서술할 때 글의 밀도를 처리하는 기법을 말한다. 성기게 쓰는 것을 '소' 라 하고, 빽빽하게 쓰는 것을 '밀' 이라고 한다.

가을의 물든 산을 표현할 때 단 몇 마디로 묘사하면 소이고, 단순한 일을 세세하게 표현하면 밀이다.

장법은 문론에서 비롯되었지만 그 용처는 서화로까지 확대됐다.

주자소에서 일하다 보면 활자를 새기는 데 있어 장법에 상당히 많은 노력을 기울인다. 너무 단순하게 활자를 새기면 없어 보이고, 너무 **빽빽**하게 활자를 집어넣으면 읽는 데 불편하기 때문이다.

그렇기에 서예에서 소는 인생 경계의 품격을 나타내고, 밀은 정신세계의 의기를 보여 준다고 이야기한다.

"저 간판은 소밀을 정확하게 이해하여서 만든 것이구나."

이한열은 초연 채화당의 낡은 간판에 숨겨져 있는 장법의 경이로움에 감탄했다.

주자소에서 만든 활자들 가운데 저 간판의 글씨처럼 아름답고 고아한 느낌을 주는 것은 없었다. 그렇다는 말은 저 간판을 만든 사람의 능력이 주자소의 사람들을 뛰어넘는다는 의미였다.

"대단해!"

간판을 보면 볼수록 감탄스러웠다.

이한열은 학사의 시선으로 간판을 보고 감탄했고, 주자소에서 일하면서 배운 기술자로서 간판을 보고 놀랐으며, 무공을 배우고 있는 한 명의 무인으로서 경탄했다.

"저것이 바로 무론의 한 이치이다. 성겨야 할 곳은 말이 질주할 정도로, **빽빽**해야 한다면 바람 한 자락 통하지 못하게 만들어야 한다."

몸을 움직일 때 중요한 것 중의 하나가 성길 때 성기게 하고, 촘촘할 때 촘촘하게 하는 적절함이다.

이한열은 소와 밀의 적당한 운용을 진사로서의 시각으로 바라보았다.

그는 무공도 학사의 위치에서 살폈다.

그렇기에 단순하게 몸을 움직이지 않고 공격과 방어, 소와 밀의 변증적 관계를 중요시했다.

"소로써 밀을 돋보이게 해주고, 밀로써 소를 받쳐 준다. 공격으로 방어를 빛나게 하고, 방어로 공격을 송곳처럼 예리하게 만들어야 한다."

이한열이 웃었다.

예기치 않은 곳에서 공방의 요체와 소와 밀의 변증적 관계에 대한 깨달음을 얻었다. 음양의 이치처럼 서로를 북돋워 주는 데 커다란 의의가 있었다.

씨익!

이한열의 입가 미소가 진해졌다.

그는 단순한 지식으로 알고 있던 문제를 의미 있는 심미적 지혜로 마음에 품었다.

"공방의 요체가 바로 소밀 상생에 있었구나."

이한열이 부지불식간에 깨달은 사실을 중얼거렸다.

여전히 그의 시선은 초연 채화당의 낡은 간판에 고정되어 있었다.

적절한 농담의 배치로 간판의 층을 갈랐고, 소나무로 만든 거칠고 작은 현판에는 초연 채화당이라는 글귀가 빽빽했다.

하지만 간판의 빽빽한 글귀는 결코 답답하지 않았다.

"빽빽한 숲에 바람이 불어 절로 향긋한 냄새가 흐르는구나."

간판의 글귀 사이에 흐르는 무엇인가가 분명히 있었다.

무성하게 들어차 있는 글귀들 사이로 끊어지지 않는 은은한 기운이 한 줄기 흘렀다. 그런 간판의 현묘함을 이한열은 살짝 엿볼 수 있었다.

"헐! 저놈 저기서 뭐라고 떠드는 거야?"

"비 맞은 중처럼 혼자서 중얼거리고 있는데……."

"미친놈일 수도 있어."

사람들이 길 한복판에서 중얼거리고 있는 이한열을 보며 이야기했다. 그를 재미나게 구경하는 사람들도 있고, 멀찌감치 돌아서 가는 사람들도 있었다.

"뭘 보고 저렇게 떠드는 거야?"

"저기 간판인데……."

"초연 채화당이라는 낡은 간판! 금방이라도 쓰러질 것만 같아."

사람들은 어느 누구도 이한열의 말에 귀를 기울이지 않았다. 아니, 몇몇 사람은 분명히 전해 들었지만 그 뜻을 이해하지 못했다.

그렇게 알아차리지 못한 사람들은 알아낸 이한열을 지나쳐 갔다.

"간판의 글귀가 참으로 졸렬하군."

"쯧쯧쯧! 저런 졸렬함에 빠져들다니, 참으로 한심한 학사이다."

학창의를 입고 있는 이한열을 보면서 몇몇 학사들이 손가락질하거나 혀를 찼다. 그들은 이한열을 한껏 비웃으면서 지나쳐 갔다.

배운 바가 부족하고 오만하여 귀를 닫은 그들은 이어지는 이한열의 말을 듣지 못했다.

"졸이현고!"

졸렬한 가운데 예스러움을 보여 준다는 말이다.

아는 사람에게만 근원의 본질도 살짝 모습을 보이는 법이다.

낡은 것은 예스러움으로, 시공을 초월한 진리이자 가르침이다.

시간이 흐르면서 자연적으로 발생하는 낡음은 세상의 이

치이자 본질이다. 즉, 예스러움은 현상과 형식 안에 깊이 간직되어 있는 근원으로서의 항상성을 의미한다.

"졸렬한 형상을 통해 순수하고 진지한 깊음을 표현했다. 저 글은 간결하면서도 변화함, 그리고 깊이의 극치와 통해 있다. 이는 쾌와 변, 그리고 중이라는 무공의 삼대 법칙과 이어져 있어."

이한열은 간판의 본질 속으로 푹 빠져들었다.

간판을 들여다보면 볼수록 깊이를 헤아릴 수 없어서 허우적거렸다. 먼저 걸어간 선각자가 보여 주고 있는 가르침의 바다에서 그는 행복하게 꿈틀거렸다.

정신이 분주하게 움직이고 있을 때, 그의 몸은 길거리 위에 뿌리를 내린 듯 석상처럼 서 있었다.

휘이잉! 휘이잉!

바람이 불었다.

시간이 흘렀다.

간판을 바라보면서 하염없이 시간을 보내던 이한열의 의식이 천천히 현실로 되돌아왔다.

아는 만큼 보인다고, 이한열은 자신이 볼 수 있는 한도 내에서 간판의 현기를 알아차렸다. 그 외에 모르는 부분은 그의 마음에 와 닿지 않았다.

"대체 누가 저런 간판을 만들었을까?"

이한열은 궁금했다.

밋밋하고 풋풋해 보이는 간판에는 절정의 현기가 깃들어 있었다.

저벅! 저벅!

그가 초연 채화당으로 들어섰다.

第三章

정방보

좌르르! 좌르르!

주렴을 헤치고 안으로 들어섰는데, 계산대에는 아무도 없었다.

"계십니까?"

이한열이 소리쳤다.

한참을 기다렸지만 아무도 나오지를 않았다.

안에서 무슨 작업을 하는 것인지, 아니면 밖으로 나가서 일을 보는 것인지 도통 알 수가 없었다. 그렇다고 마냥 입구에서 기다리고 있을 수만도 없는 일이었다.

슥!

이한열이 실내를 살펴보았다.

오랜 세월이 흐른 목조건물의 분위기가 인상적이었다.

세월의 흔적이 잔뜩 달라붙어 있는 건물 안은 한마디로 궁핍했다.

사람에게 삶의 시작과 끝이 있는 것처럼 목조건물도 마찬가지였다. 마지막을 향해 달려가고 있는 목조건물에서는 퀴퀴한 냄새까지 흘렀다.

"손님이 안으로 들어오려다가 냄새 때문에 도망가겠구나."

이한열이 미간을 찌푸렸다.

만약 그가 간판의 현기를 보지 못했다면 안으로 들어서다 말고 도망쳤으리라!

"어떤 물건들이 있을까?"

이한열은 상점 안에 간판처럼 현기 섞인 물건들이 있을지도 모른다고 생각했다. 그렇기에 허름하고 냄새나는 건물이지만 꿋꿋하게 참았다.

그리고 이런 건물은 그에게 낯설지 않았다.

상점은 시골 고향의 허름했던 나무 집과 무척이나 비슷했다.

밤이 깊어져 가고, 촛불이 가까스로 어둠을 몰아냈다.

저벅! 저벅!

상점에서 일하는 사람을 기다리다 지친 이한열은 걸음을 옮기면서 실내를 둘러보기 시작했다.

한쪽 귀퉁이에 세워져 있는 서가에는 책들이 가득했고, 어두운 벽면에는 표구를 한 그림들이 걸려 있었다.

"별반 신통한 그림들이 없군."

이한열이 말했다.

"하기는 그렇겠지. 주인도 없는데 좋은 그림들이 있다면 벌써 훔쳐 가고도 남았지."

누추한 실내에 어울리는 별 볼 일 없는 그림들이었다. 어디를 살펴봐도 간판처럼 현기를 가지고 있는 그림들은 없었다.

진열되어 있는 그림들을 모두 관람한 이한열은 서가에 가서 책을 꺼내 들었다.

팔락! 팔락!

그가 촛불 근처에서 책의 내용을 속독으로 살폈다.

제대로 관리받지 못한 책들에는 군데군데 곰팡이까지 슬어 있었다.

이한열이 다른 책을 꺼내어서 살펴보았다.

논어와 도덕경 등의 책들도 있었지만 태반이 그림에 관련되어 있는 서적이었다. 그리고 간혹 의술에 관련된 책도 보였다.

의술 서적에는 사람의 인체도가 자세하게 그려져 있었다. 그 옆으로는 팔의 길이, 상체와 하체의 비율 등이 수치로 표현됐다. 그리고 수많은 혈도와 혈맥의 명칭까지 보였다.

"그림을 그리기 위해서 인체의 비율까지 신경을 쓰려고 한 모양이군."

이한열은 인체도가 서가에 꽂혀 있는 이유를 짐작했다.

팔락! 팔락!

집중한 이한열이 의술 서적에 그려진 인체도를 머릿속에 집어넣었다. 명석한 그의 두뇌가 혼신의 힘을 기울여서 인체도의 내용을 기억하려고 노력했다.

스으의! 스으의!

인체도의 내용들이 이한열의 머릿속으로 녹아들었고, 온몸으로 깊숙하게 체득됐다. 그는 인체도의 내용을 이해하면서 자신의 육체에 대해서 비로소 알아차렸다.

"하아! 무공을 배운다면서 인체에 대해 무지했다니, 참으로 어리석었구나."

이한열은 자신의 잘못에 대해 탄식했다.

외문무공은 인체를 극한으로 움직일 수 있는 수련법이다. 그런 외문무공을 수련하면서 인체를 모른다는 건 말이 되지 않는다.

인체에 대해서 잘 알아야 외문무공도 능숙하게 펼칠 수 있었다.

"인체에 대해서 공부해야겠구나."

새롭게 배워야 할 분야를 발견한 이한열의 눈빛이 어둠 속에서 밝게 빛났다. 생소한 걸 공부해야 한다는 사실이 그에게 힘을 불어넣어 줬다.

그건 공부를 억지로 하지 않고 즐기기 때문이었다.

노력하는 자는 즐기는 자를 이기지 못하는 법!

땀을 흘릴수록 더욱 풍성한 미래가 기다리고 있다는 사실을 이한열은 그동안의 경험을 통해 깨우쳤다. 그리고 가진 것이 별로 없는 지금의 그가 할 수 있는 것은 공부밖에 없었다.

팔락! 팔락!

이한열이 의술 서적에 집중하고 있을 때였다.

끼이익!

벽에 붙어 있는 문이 열리면서 한 명의 노인이 모습을 드러냈다.

"거기서 무얼 하는 거요?"

노인이 이한열을 의아한 눈길로 바라보았다.

얼굴에 시퍼런 멍 자국을 가진 채 책을 보고 있는 이한열의 모습이 괴기해 보이기도 했다.

"살 물건이 있나 해서 살펴보고 있지요."

"모두 버릴 책들이라오."

"전부 버린다고요?"

"곰팡이가 슬고 퀴퀴한 냄새가 나는 책들이라 살 사람도 없다오. 어차피 며칠 후면 모두 길바닥에 버려야만 할 책이기도 하고."

노인이 힘없이 중얼거렸다.

삼 대째 이어져 내려오던 가게를 그의 대에서 처분하기로 한 상황이었다. 한때는 그림을 그리고 가르치는 채화당으로 이름이 높았지만 지금은 폐업을 해야만 했다.

이 대째에 채화당에서 도자기와 조각품 등의 물건을 함께 취급하는 상점을 개업했다. 처음에는 잘되는 것처럼 보이던 상점이었지만 이내 적자만을 기록했다.

그때라도 상점을 접고 채화당의 일만 했다면 괜찮았을 텐데 노인의 아버지는 더욱 많은 돈을 쏟아 부었고, 그 결과는 참담했다.

노인 정방보는 가게를 다시 일으켜 세우기 위해 노력했다. 땅을 담보로 전장에서 돈을 빌렸고, 그걸 바탕으로 해서 아침부터 밤까지 구슬땀을 흘렸다.

노력을 기울였기 때문인지 장사 또한 잘됐다.

점원들도 고용하고, 일꾼들도 두었다.

하루 일을 끝마치면 몸은 지쳤지만 벌어들인 돈을 보면서 기뻐했다. 가게는 성장을 거듭했고, 삼 년 만에 빌렸던 돈을 전장에 모두 갚았다.

그리고 그동안 번 돈으로 북경 한쪽에 좋은 집도 장만했다.

당시의 정방보는 뿌듯했다.

하지만 그 행복은 오래가지 못했다.

북경에서 포목점을 하는 그의 여동생이 목이 좋은 큰 가게로 옮기게 되었다면서 찾아왔다. 여동생은 정방보에게 돈을 빌려 달라고 했고, 정방보는 차마 그 청을 뿌리치지 못했다.

그래서 집을 담보로 해서 여동생에게 돈을 빌려 줬다.

반드시 갚겠다고, 여동생이 간곡하게 부탁했기에 어쩔 수 없이 허락한 것이었다.

그것이 잘못이었다.

여동생과 처남이 운영하던 포목점은 망해 버렸고, 집을 담보로 빌린 돈은 고스란히 정방보의 빚이 되었다.

망해 버린 여동생으로 인해 갑작스럽게 생긴 막대한 빚 때문에 큰 충격을 받은 정방보는 가게의 일에도 신경을 쓰지 못하게 됐다.

그는 매일 술로 마음을 달랬고, 갈수록 난폭해졌다.

가족들은 갑작스럽게 생긴 막대한 빚에 정방보를 원망했다. 빚을 갚지 못하게 되자 집이 전장에 넘어갔고, 졸지에 정방보와 가족들은 길거리에 나앉는 신세가 되고 말았다.

정방보는 가족들을 데리고 월세방으로 옮겼다.

그리고 비통함에 빠져 더욱 술을 먹었다.

심신이 무척이나 지쳤기에 가게에 신경을 쓸 수가 없었다.

그사이 가게에 있던 점원과 일꾼들이 마음대로 날뛰었다. 허위로 장부를 조작하여 물건을 팔고 받은 돈을 챙겼고, 가게의 물건을 훔쳐서 도망치기도 했다.

겉으로 볼 땐 장사가 잘되고 있었지만 안으로 곪아 가고 있었다. 가게의 빚이 점점 늘어나고, 가게의 좋은 물건들이 사라져 갔다.

정방보가 모든 걸 알아차렸을 때는 이미 너무 늦은 상황이었다.

초연 채화당 앞으로 많은 빚이 있었고, 그건 모두 정방보의 몫이었다.

정방보가 어떻게든 막아 보려고 했지만 빚은 너무나도 많았다.

그리고 그 결과가 바로 지금의 모습이었다.

노인 정방보는 빚에 허덕이다가 결국 초연 채화당의 문

을 닫아야만 했다. 초연 채화당의 물건들과 땅을 넘기고 난 그의 손에 남은 것은 겨우 은자 몇십 냥뿐이었다.

"폐업하는 겁니까?"

"그렇다오. 모레 간판을 내릴 생각이라오."

노인이 처연하게 말했다.

과거의 영화는 사라지고 이제 몰락한 모습만 남았으니 노인의 입장에서는 안타까울 수밖에 없었다.

하지만 상점의 폐업은 다른 사람에겐 기회이기도 했다.

폐업하는 상점들만 골라 다니면서 이득을 보는 상인들도 있었다. 상점의 물건을 헐값에 사들여서 필요로 하는 사람들에게 적당한 가격에 파는 것이다. 물론 필요로 하는 사람을 찾기까지 시간이 필요하지만 상당한 이득을 남길 수 있었다.

"책과 그림, 도자기들이 안됐군요."

"어쩌겠소, 그게 저것들의 운명인 것을……."

정방보가 말했다.

남아 있는 물건들은 하나같이 형편없는 것들이었다.

이미 쓸 만한 물건들은 모두 팔아 치우고 난 뒤였다.

"그 운명을 제가 바꿔야겠군요. 저는 책들을 비롯한 모든 물건들이 이대로 길바닥에 쓰레기처럼 뒹구는 걸 볼 수가 없습니다."

이한열이 말했다.

그는 간판과 책들을 사기 위해 열을 올렸다.

간판 하나의 가치만 해도 천금을 줘도 구하기 어려웠다. 하지만 그건 진정한 가치를 알고 제대로 평가를 했을 때의 얘기였다.

이한열은 눈앞의 정방보가 그런 가치를 알지 못한다는 사실을 인지했다.

"왜 쓸모없는 것들을 구매하려는 것이오?"

"오래된 것이 쓸모없는 겁니까? 오래된 것에는 예스러움이 흐르는 법입니다. 그리고 서가에 있는 책들에는 좋은 글귀들이 적혀 있습니다. 비록 책의 겉모습이 흉하긴 하지만 글귀에 담긴 내용은 아름답지요. 낡은 책이 폐기물로 취급받아서는 안 됩니다."

이한열이 강하게 말했다.

책을 좋아하는 학사의 말이었다.

그 말엔 이한열의 진심이 섞여 있었다.

다만 그 진심 아래 간판을 원하는 이한열의 욕심이 숨어 있을 뿐이었다.

"얼마면 구입할 수 있겠습니까?"

"어차피 버리려고 했던 물건들이네. 버린다고 하지만 똥종이 값은 받을 수도 있지. 그건 나도 바라지 않는 결과이네. 그러니까 종이 값 이상만 쳐서 주게나."

정방보가 말했다.

그냥 밖으로 내다 버리면 어차피 사람들이 주워 간다. 저마다 필요한 곳에 쓰겠지만 책의 가장 비참한 말로는 똥 종이였다.

풀과 짚 등으로 닦는 것보다 종이로 닦으면 뒤처리가 깔끔하고 개운하다. 그렇기에 상류층에서는 부드러운 종이로 항문을 보호했다.

그 때문에 전문적으로 쓸모없는 책만을 구매하는 상인들도 있었다. 그들은 헐값에 사들인 책들 가운데 쓸 수 있는 부분만을 모아 똥 종이로 활용했다.

세상에는 참으로 별의별 상인들이 많았다.

"그럴 수는 없지요. 비록 상태가 많이 나쁘다고 하지만 책은 적당한 가치를 존중받아야 합니다. 책의 값을 깎으려 하면 절대 좋은 책을 만날 수 없는 법이니까요."

이한열은 책을 좋아하고 아끼는 학사였다.

상인들은 장사꾼이다.

하지만 책과 그림, 도자기 등을 사고파는 상인들은 이미 학문과 미술에 대해 눈을 뜬 사람들이다. 그들은 기본적으로 학문과 미술을 사랑했다. 그렇기에 좋은 작품이 나오면 책과 그림을 존중하는 사람에게 별도로 연락한다.

만약 그때 물건의 흠을 잡아서 가겼을 깎으면 다시는 절대로 먼저 연락하지 않는다.

물건을 사고파는 데에는 인맥이 무척이나 중요했다.

"정말로 사실 생각이구려."

정방보는 눈앞의 이한열이 진정 책을 사랑하는 학사라고 여겼다. 그렇기에 더욱, 오래되어 낡고 냄새나는 책을 돈 받고 팔기가 염치없었다.

물론 찢어지게 가난해진 살림이기에 책을 비롯한 물건들을 팔면 돈이 된다. 그것은 지금의 그에게 무척이나 큰돈이었다.

"얼마면 파시겠습니까? 책을 비롯한 여기의 물건들은 저에게 필요합니다."

"팔 생각을 안 해 보았기에 가격도 모르겠소. 진정 가지고 가겠다면 알아서 주시오."

고심 끝에 정방보가 이야기했다.

돈이 필요했지만 끝내 상인의 양심까지 버릴 수는 없는 노릇이었다. 팔 수 없는 물건을 돈 받고 판다는 건 그의 양심이 허락하지 않았다.

반짝!

이한열의 눈동자가 빛났다.

'신용이 있는 사람이군.'

그는 상인으로서의 정방보의 마음가짐에 높은 점수를 줬다.

정방보는 망해서 폐업을 하는 처지임에도 불구하고 끝까지 자신의 양심을 지키려 하고 있었다.

'저런 마음가짐은 하루 이틀에 쌓이는 것이 아니지.'

이한열은 속으로 생각했다.

"우선 황금 석 냥을 드리지요."

"이렇게나 많이는 필요 없소."

이한열이 꺼낸 누런 황금을 보면서 정방보가 깜짝 놀랐다. 기껏해야 은자 몇 냥을 받을 수 있을 줄 알았는데 느닷없이 황금이 등장했기 때문이다.

"인수금일 뿐입니다. 내일 사람들과 와서 책을 비롯한 물건들을 수레로 가져가겠습니다. 물건들을 살피고 부족한 금액은 차후에 드리겠습니다."

"허허허! 고맙소."

이한열의 말에 정방보가 웃으면서 고개를 숙여 인사했다.

월세도 제대로 내지 못해 진짜 길바닥으로 나앉게 생긴 그에게 있어 황금 석 냥은 엄청나게 큰돈이었다.

"정씨 성에 방보라는 이름을 가진 상인이라오. 이름이 어떻게 되시오?"

옷깃만 스쳐도 인연이라고 했다.

정방보는 인연이 닿은 학사의 이름을 알고 싶었다.

"이씨 성에 한열이라는 이름을 가진 진사입니다."

"대인이셨군요. 제가 함부로 입을 놀렸습니다."

허리를 펴려던 정방보가 더욱 고개를 숙였다.

"괜찮습니다. 편하게 대해 주십시오."

고향의 어른을 만난 것처럼 이한열이 반갑게 말했다.

낮은 계급의 상인이지만 그의 정직한 마음가짐은 이한열을 놀라게 만들었다. 그렇기에 이한열은 정방보를 높이 평가하고 대우했다.

'때에 따라서 돈은 있을 수도 있고, 없을 수도 있다. 하지만 저런 마음과 성격은 있는 사람만 있는 가치 있는 것이지.'

이한열은 정방보라는 사람이 욕심났다.

그는 한가롭게 돌아다닐 시간적 여유가 많지 않았다.

주자소에서 해야 하는 일도 있었고, 외문무공도 익혀야 했으며, 무학사 전재일로부터 배우는 공부를 따라잡기 위해 많은 책을 읽어야만 했다. 게다가 의술까지 배우기로 작정했으니 몸이 열 개라도 부족한 판국이었다.

하나, 한번 붙잡은 일은 꼭 하고 마는 성격이었기에 잠을 줄여 가면서까지 매진했다.

"천화 거리에서 오래 일하셨나요?"

"여기에서 자라고, 놀고, 일했지요."

"천화 거리에 천하제일석공 도장석의 작품들이 있다고 해서 찾아왔습니다."

"천화 거리에 도 석공의 작품들이 있는 것은 사실이지요. 하지만 진품보다 가품이 더욱 많습니다. 구매하실 때 주의하셔야 합니다."

"그렇게나 많습니까?"

이한열은 깜짝 놀랐다.

"원래 이쪽 계통이 그렇습니다. 진품이 하나면 가품은 백 개가 넘습니다. 가짜를 판매하는 양심 불량의 상인들도 적지 않지요."

"그렇군요."

이한열이 고개를 끄덕였다.

훌륭한 작품을 모방하는 것은 흠이 아닌 세상이다.

이한열도 서성 왕희지의 글씨체를 따라서 그대로 모방을 하고는 했다. 그렇게 글자들을 연습하고, 지금에 와서 괜찮은 글씨체를 만들어 냈다.

조각가와 화백들 역시 도장석의 작품들을 그대로 모사하고는 했다. 그렇게 만든 물건들이 시중에 나와서 풀린 것이다.

"정교하게 만들어진 작품들은 그 진위를 구분하기가 쉽지 않습니다. 오랫동안 일을 한 저와 같은 사람들도 주의를 기울이지 않으면 실수를 저지릅니다."

정방보가 씁쓸하게 이야기했다.

그의 가게가 무너지는 데 있어 점원들이 바로 그런 비열한 수법을 사용했다. 미리 짠 사람과 함께 가짜를 비싼 돈으로 사들여서 차액을 착복하고, 상점에 믿고 방문한 사람들에게 비싸게 팔아 치웠다.

점원들의 비열한 수법으로 인해 오랜 세월 믿고 거래하던 단골들이 떨어져 나갔다. 신용을 쌓기까지는 오랜 세월이 필요하지만 그것이 무너지는 건 한순간이었다.

'쯧쯧쯧! 진품과 가품을 이야기하는 사람이 정작 자신의 가게에 있는 보물을 알아보지 못하는구나.'

이한열은 정방보의 어리석음을 탓했다.

제값을 주지 않고 물건을 구매한다는 죄의식이 있었지만 그건 이내 썰물처럼 사라져 갔다. 오히려 헐값에 진귀한 물건을 사들였다는 강렬한 쾌감에 빠져들었다.

이한열이 간판의 현기를 알아차릴 수 있었던 것은 참으로 절묘한 기연이었다.

기연은 인연이 닿은 사람에게만 전해질 뿐이다.

"돌아다니면서 함부로 물건들을 구매할 수가 없겠군요.

참으로 큰일입니다. 제가 아직 작품의 진위를 구분할 수 있는 능력이 없습니다."

"하루 이틀에 생기는 것이 아니지요. 전문적으로 배우지 않는 이상 오래된 물건을 살 때는 수업료로 많은 돈을 가져다 바치게 됩니다."

가품을 진품으로 알고 사면서 점점 감정할 수 있는 안목을 갖추게 된다. 가품과 진품의 차이를 알기까지는 적지 않은 시간이 필요했다.

하지만 이한열은 그런 시간을 단축하고 싶었다.

'피 같은 돈으로 가품을 살 수는 없는 노릇이지.'

이한열은 시간을 단축할 수 있는 방법을 알고 있었다.

돈으로 귀신까지 부린다.

돈을 바라는 것은 천하 사람의 공통된 마음이다.

부자부터 가난한 사람까지 돈을 생각하지 않는 사람은 없다. 모든 사람이 돈을 생각하지만 단지 생각만 해서는 아무런 효과가 없다.

생각을 실현하기 위해 온갖 계책이나 꾀를 다 내어 돈 버는 방법이나 돈벌이를 할 수 있는 기회를 만들기 위해 노력해야 한다.

이한열의 돈 버는 방법은 간단했다.

돈이 돈을 버는 법!

돈으로 진위를 가릴 수 있는 사람을 고용하면 돈과 시간을 벌 수 있었다.

높은 위치에 있다 보면 능력도 필요하지만 그보다 사람을 잘 다루는 것이 훨씬 중요했다. 개인의 능력에는 한계가 있지만 사람을 모으는 데에는 한계가 없었다.

"앞으로 무엇을 하면서 지내실 생각입니까?"

이한열이 물었다.

"글쎄요, 천화 거리에서 쭉 지내 왔으니 앞으로도 그래야겠지요."

정방보가 말했다.

그는 천화 거리에서 뼈를 묻고 싶었다.

비록 신용을 잃어버렸지만 그의 능력은 아직까지 남아 있었다. 물건들을 감정하는 데 있어 그는 천화 거리에서 열 손가락 안에 들었다.

"제 대신 물건들을 구매해 주시면 어떻겠습니까?"

"대행을 말씀하시는 겁니까?"

귀를 쫑긋 세운 정방보가 물었다. 그러고는 이한열을 자세하게 살펴보았다.

학창의를 걸치고 오롯이 서 있는 이한열의 눈동자가 어두운 실내에서 초롱초롱 빛났다. 이한열의 말과 행동에서 총명하고 이지적인 면이 여실하게 드러났다.

다만 얼굴에 피어난 푸른 멍 자국이 어울리지 않았다. 그런데 자세하게 살펴보니 그 멍 자국이 이한열에게 어울리는 것처럼 보이기도 했다.

보통의 사람이라면 멍 자국을 숨기기 위해 고개를 숙이거나 부채 등의 물건으로 얼굴을 가린다.

그런데 이한열은 대놓고 보여 주려는 듯 꼿꼿하게 얼굴을 들고 있었다.

'자신감이 넘친다.'

정방보는 이한열에게 강렬한 호기심을 느꼈다.

'성공할 젊은이다.'

그는 가게를 하면서 그동안 무수히 많은 사람들을 보아왔다.

느낌이 온다고 할까?

말로 표현하기 힘들지만 정방보는 자신의 예감을 믿었다.

그의 예감은 지금껏 거의 적중했다.

성공하는 사람과 함께하면 쫄딱 망해 버린 그도 다시 일어설 기회를 잡을 수 있었다.

'이건 새로운 기회다.'

정방보는 상인이다.

기회를 발견하면 투신할 수 있는 사람이었다.

"구매 대행과 함께 그대의 높은 감식 능력으로 자문을 받겠다는 것이지요."

이한열의 말을 들은 정방보의 입가에 은은한 미소가 어렸다. 능력을 인정해 주는 이한열을 보면서 절로 기운이 솟구쳤다.

선비는 자신을 알아주는 사람을 위해 목숨을 바친다.

상인도 마찬가지였다.

"그렇게 하겠습니다, 주인!"

허리를 숙이면서 정방보가 단번에 승낙했다.

그가 대화를 하면서 느낀 이한열 학사의 기상은 천화 거리에서 오랜 세월 장사를 하면서 만나 본 학사들 가운데에서도 상위권이었다. 간혹 노회한 사람들이 이한열과 비슷한 분위기를 뿌렸을 뿐, 젊은 학사들 가운데에서는 한 명도 보지 못했다.

"청을 승낙해 주셔서 고맙습니다."

"말을 편안하게 해주십시오. 이제부터 저를 고용한 고용주이십니다."

"그렇지만……."

"고용주와 고용인 사이에는 신뢰와 함께 엄격한 질서가 필요합니다."

여전히 허리를 숙이고 있는 정방보가 고지식하게 말했

다.

그는 신뢰와 질서를 지키지 못했기에 가게의 문을 닫게 됐다. 그렇기에 더욱 신뢰와 질서를 엄격히 하기를 원했다.

"알겠네."

이한열이 말을 놓았다.

스윽!

말을 놓은 그의 얼굴에 흡족한 표정이 피어났다.

알아서 숙이겠다는데 반대할 이유가 없었다.

그가 높은 위치에 올라선 데는 바로 이와 같은 즐거움을 누리기 위한 것도 포함되어 있었다.

하지만 그런 이한열의 표정을 허리 숙이고 있는 정방보는 발견하지 못했다.

스윽!

정방보가 굽혔던 허리를 폈다.

그리고 그 전에 이한열의 얼굴이 평온한 안색으로 되돌아갔다.

第四章

사갈철왕

저벅! 저벅!

달빛을 벗 삼은 이한열이 천화 거리에서 벗어나 숙소를 향해 걷고 있었다. 암천에 둥실 떠 있는 달과 별에서 은은한 빛이 흘러내렸다.

집으로 향하는 이한열의 마음은 꽉 차올랐다.

의도하지 않은 기연을 접한 그의 발걸음이 무척이나 가벼웠다.

마치 어린아이가 성인의 어깨에 올라탄 기분이라고 할까?

이한열은 잠시 성인의 시선으로 자신을 둘러볼 기회를

가졌다.

그때의 경험은 되새기면 되새길수록 많은 점을 그에게 시사해 주고 있었다.

"대인! 집으로 가시는 길입니까? 오늘은 퇴궐이 무척이나 늦으셨습니다."

시발서점 앞에서 일하고 있던 일꾼이 이한열에게 꾸벅 인사했다.

오늘따라 시발서점의 앞이 일꾼들로 분주했다.

"무슨 일로 이렇게 분주한 것이냐?"

"반년에 한 번씩 장서들을 정리하는 날입니다."

시발서점의 정문 앞에는 많은 책들이 나와 있었는데, 전부 흙바닥 위에 아무렇게나 쌓여 있었다.

많은 책들을 구입하고 파는 관계로 시발서점의 서가에는 책들이 빼곡하게 꽂혀 있다. 반년에 한 번씩 정리를 해주지 않으면 더 이상 꽂을 자리가 없었다.

"오늘따라 책들이 수난이구나."

이한열의 마음에 께름칙함이 솟구쳤다.

책을 소중하게 생각하는 그의 마음과 달리 눈앞의 책들은 너무 험하게 대접받았다.

슥!

이한열이 길바닥에 널브러진 책들을 살펴보기 시작했다.

책 표지에 묻은 흙을 털어 내고 안의 내용들을 읽었다.

대부분의 책들은 상태가 좋지 않았지만 개중에는 좋아 보이는 것들도 있었다.

"이것들은 무공 서적과 무협 소설이구나."

이한열의 시선이 흙먼지를 뒤집어쓰고 있는 책들을 바라보았다.

육합검, 삼재도법, 천마만겁수, 자하신공, 혜미일자수도 등 강호 무림에서 유명한 무공들이 책 표지에 적혀 있었다.

팔락! 팔락!

이한열이 무공비급들을 살펴보았다.

"육합검과 삼재도법은 강호에서 평범하게 볼 수 있는 것들이고, 무적일도를 비롯한 책들은 천마와 구파일방의 무공들 명칭을 그대로 가져왔거나 이름만 살짝 바꿨구나."

자하신공, 혜미일자수검, 천마만겁수는 강호에서 유명한 무공이다. 자하신공은 화산파의 장문인을 비롯해 허락받은 자만이 가질 수 있는 무공이고, 혜미일자수검은 소림칠십이종절기 가운데 다섯 손가락 안에 들어가는 초절기이다. 천마만겁수는 마교의 십대 무공 가운데 하나였다.

"제목만 거창하고 내용은 형편없구나."

무공 서적들을 모두 훑어본 이한열이 혹평했다.

말도 되지 않는 내용만을 말하고 있는 무공비급들은 육

합검과 삼재도법만도 못했다. 제목만 거창하게 적어 넣어 아무것도 모르는 사람들에게 팔아먹기 위한 책들이었다.

무공을 익히고 무학을 배우고 있는 이한열의 눈에도 문제점들이 여실하게 드러났다. 이대로 익힌다면 몸이 망가지고, 최악의 경우 주화입마까지 당할 우려가 있었다.

"이런 무공비급을 저술한다는 것은 범죄를 저지르는 것과 같다."

평생 책을 소중하게 생각해 온 이한열이 책들을 땅바닥에 내팽개쳤다.

팍!

흙먼지가 피어올랐다.

흙먼지를 뒤집어쓰고 있는 꼴이, 이치에 맞지 않을 정도로 형편없게 쓴 책들에 어울렸다.

슥!

무공비급에서 시선을 거둔 이한열이 무협 소설을 집어들었다.

"사갈철왕!"

이한열의 눈에 표지에 적힌 붉은 글씨가 가득 들어왔다.

"제목이 참으로 괴이하군."

사갈이라는 단어는 그 뜻에서부터 부정적이다.

뱀과 전갈!

남을 해치는 사람을 비유하는 말!

"뱀과 전갈 같은 철왕! 남을 해치우는 철왕이라는 뜻이 겠지."

이한열은 사갈철왕이라는 책에 호기심이 일었다.

지금까지 그가 읽었던 무협 소설들은 대부분 정파의 사람이 주인공이었다. 간혹 마도와 사도의 주인공도 있기는 했지만 사파의 주인공들이라고 해도 하는 행동은 공명정대했다. 그냥 사파 출신일 뿐, 주인공들은 정의로운 행동을 펼쳤다.

그런데 사갈철왕은 왠지 다른 느낌을 이한열에게 팍팍 심어 줬다.

팔락! 팔락!

이한열이 책장을 넘겼다.

그의 가녀린 손가락을 통해 책장이 술술 넘어갔다.

"재미있구나."

할머니 손에서 자란 산 소년의 이야기는 궁핍한 가정환경에서부터 시작됐다. 산에서 약초와 나무들을 마련하다 보니 산 소년은 제대로 된 공부를 하지 못했다.

할머니의 갑작스러운 치매로 인해 소년은 졸지에 집안을 꾸려 나가야 하는 가장이 되어 버렸다. 삶이 더욱 힘들어졌고, 행색이 비루해졌다.

주변의 다른 친구들에게서 따돌림을 받게 된 소년은 방황을 했고, 더욱 자주 산속으로 들어가고는 했다. 심한 우울증이 생기고, 탈모 현상에 머리카락까지 빠져 버렸다.

산 소년은 할머니를 보살펴야 한다는 사실 때문에 하루하루를 힘들게 버틸 뿐이었다.

그런데 문제가 터졌다.

"예전 친구들이 소년을 집단으로 괴롭히기 시작했군. 때리기까지? 흠! 작금의 왕따 현실을 여실하게 드러냈어."

집단으로 한 사람을 따돌리고 외면하며 구박하는 문화가 사회에서 급속도로 퍼졌다. 그런 현실 상황이 소설 속에서도 나타나고 있었다.

소설은 현실 세계를 바탕으로 한 작품이었다.

그렇기에 현실의 문제점들이 소설에 나타나는 건 자연스러운 일이었다.

마을에서 가장 주먹이 센 대장 아이가 산 소년을 무척이나 괴롭혔다. 아이들 사이에서는 주먹 센 아이가 곧 법이었다.

"무슨 마을이 약육강식을 법으로 내세웠지? 이해할 수가 없네."

이한열은 산에 있다는 마을의 방침에 고개를 설레설레 저었다.

대명률에 익숙하게 살아온 이한열로서는 도저히 납득할 수 없는 마을의 질서였다. 소설 속의 마을은 강한 자가 나쁜 짓을 해도 강하다고 용서가 되는 곳이었다.

"소년은 왕따 문제를 어떻게 해결하려나?"

이한열은 산 소년의 행동이 궁금했다.

치매에 빠진 할머니는 간간이 정신이 돌아왔다. 그럴 때 산 소년 여관숙은 무척이나 기뻤다. 근래 들어서 여관숙이 편안하게 대화를 나누는 상대는 할머니가 유일했다.

"관숙아! 얼굴이 왜 그러냐?"

"아무것도 아니에요."

"싸웠나?"

"……."

"졌나?"

할머니가 눈을 부리부리하게 뜨고 물었다.

"……."

여관숙이 고개를 푹 숙였다.

"관숙아! 힘드나?"

"흐어엉!"

여관숙이 할머니의 품에 안겨서 울었다.

그의 눈에서 눈물이 뚝뚝 떨어져 할머니의 옷을 적셨다.

스윽! 슥!

할머니가 손자의 등을 쓰다듬으며 입을 열었다.

"자고로 싸우면 이겨야 하는 법이다. 죽기 살기로 싸워라. 맨손으로 안 되면 몽둥이를 들고, 몽둥이로 안 되면 도끼를 써라! 괴롭히는 놈들의 머리를 팍 찍어 버려라!"

할머니가 자애로운 목소리로 담담히 말했다.

"헉!"

여관숙이 깜짝 놀라 할머니를 바라보았다.

"가난하고 못살지언정 기죽어서 살지는 마라. 사람이 그러면 끝인 거다."

할머니의 눈이 독기로 빛났다.

손자가 맞고 돌아온 사실을 안 그녀는 분을 삭이지 못했다. 없는 살림도 서러운데 손자까지 무참하게 무너지고 있다는 걸 용납할 수 없었다.

"정말로 도끼로 찍어?"

"싸움을 하면 절대로 지지 않아야 한다. 약한 것은 죄다."

할머니가 손자에게 일렀다.

"하지만 괴롭히는 놈들이 많고, 나보다 큰 아이들도
있는데?"

"수단과 방법을 가리지 말고 이겨라."

"하지만……."

"매번 이처럼 맞고 싶나? 다시 한 번 맞고 돌아와서
비 맞은 병아리처럼 축 처져 있으면 할머니가 가만히
있지 않을 거다. 그날이 너 죽고, 나 죽는 날이다."

할머니는 지는 걸 죽기보다 싫어했다.

가난은 불가항력이지만 그로 인해 괴롭힘당하는 삶
을 그녀는 원치 않았다.

"헉! 괴롭히고 때린다고 도끼로 찍으라니!"

이한열이 화들짝 놀랐다.

그로서는 도저히 생각할 수 없는 극단의 방법이었다.

소설 속의 이야기였지만 그가 어처구니없다는 표정을 지
었다.

"어떻게 된 할머니가 손자에게 도끼로 사람을 찍으라고
할 수 있는 거지?"

이한열이 재차 중얼거렸다.

그만큼 그가 받은 충격은 엄청났다.

도끼로 사람을 찍는 것은 대명률에서도 극악 범죄였다.

병기를 들고 의도적으로 사람을 살상한 사람은 극악한 죄인으로 취급받는다.

"정말로 찍었을까?"

이한열은 뒷이야기가 기대됐다.

커다란 충격을 야기한 할머니의 말을 전해 들은 여관숙이 도끼 만행 사건을 진짜로 저질렀을지, 너무나도 궁금했다.

사갈철왕의 이야기에는 묘한 흡인력이 있었다.

슥!

그가 손가락으로 다음 장을 넘기려고 할 때였다.

마침 안쪽에서 밖으로 걸어 나오던 탁둔원이 이한열을 발견했다.

"무엇을 하고 계시오?"

"버려지는 책들 중에 괜찮은 것들이 있나 살펴보고 있소."

"전부 버릴 책들이오."

"버릴 책들 가운데 아직 쓸 만한 책들이 보이오."

"필요하시면 마음껏 가져가시지요."

탁둔원이 말했다.

길거리에서 책을 읽고 있는 이한열에게 탁둔원은 선심을 팍팍 썼다. 팔리지 않은 책들은 업자에게 넘겨도 가격을 거

의 못 받는다. 그럴 바에야 책을 가져가게 하고 이한열의
환심을 사는 편이 훨씬 이득이었다.

이한열은 탁탑천의 개인 학사였다.

아들을 맡긴 탁둔원은 이한열의 눈치를 많이 살펴야만
하는 처지였다.

"사갈철왕을 보고 계셨군요."

탁둔원이 미간을 찌푸렸다.

"흥미롭더군요."

"하아! 참으로 사악하고 악랄한 자서전이지요."

"자서전이라고요?"

이한열의 눈이 커졌다.

자서전이라면 실존 인물의 이야기라는 소리였다.

소설에 등장하는 여관숙은 가공의 인물이 아니라 실존
인물이었다.

"사갈철왕은 혈마교라는 사악한 사도 집단 무인의 이야
기이지요. 처음에는 무협 소설인 줄 알고 받았는데, 알고
보니 자서전이더군요. 미치려면 곱게 미쳐야지, 자신의 사
악한 일대기를 책으로 쓰다니요."

"혈마교라고요?"

"혈마교는 사천성 옆의 청해에 자리 잡고 있는 사도 집
단입니다. 고금제일마 혈마를 추앙하고 있는 단체라고 하

더군요. 강호에서 천산의 마교와 함께 이대 마교로 통한다
고 들었습니다. 신분 고하를 강함으로 좌우할 정도로, 강함
을 극단적으로 숭상하는 무인 집단입니다."

"강함만을 숭상하는 그런 곳이 있었군요."

"사갈철왕 이야기는 현 강호에 실존하는 사갈철왕의 진
짜 이야기죠. 자신이 저질렀던 사악한 짓거리를 사갈철왕
본인이 직접 저술했지요. 책을 버렸다고 생각했는데, 아직
까지 남아 있었군요."

사갈철왕은 말 그대로 권법이 강한 혈마교 사람의 이야
기였다.

책 속의 사갈철왕은 유년 시절에도 잔인한 짓을 망설임
없이 벌인다. 그리고 혈마교에서 무공을 익힌 뒤 강호에 출
두해 혈겁을 펼쳤다. 그의 주먹 아래 고혼이 된 정파의 사
람들이 부지기수였다.

무림공적이 되어 혈마교로 돌아온 그는 대대적인 환영을
받는다.

현존하는 사갈철왕의 자서전!

강함을 극단적으로 숭상하는 혈마교!

이한열은 점점 사갈철왕에 대한 흥미를 느꼈다.

'앞에 읽었던 부분에서는 어떠한 사악한 점도 느끼지 못
했다. 사악하고 악랄하다? 직접 보고서 판단해야겠구나.'

이한열이 책을 물끄러미 바라보았다.

표지에 적혀 있는 붉은 글씨가 마치 피를 부르는 것처럼 보였다.

두근! 두근!

그의 심장이 두근거렸다.

"읽지 말고 버리는 편이 좋습니다."

탁둔원이 책을 버리라고 말했다.

"이왕 본 것, 끝까지 봐야 직성이 풀리겠군요."

"괜히 보았다가 마음만 어수선해진다니까요."

"안 봤다면 모르겠지만 결말을 보고 싶소."

그는 남의 말만 듣고 사갈철왕 자서전에 대한 판단을 내리기 싫었다.

땅바닥에 널브러져 있는 책 중 사갈철왕의 나머지 자서전 두 권까지 집어 들어 챙기자 그의 심장이 강렬하게 뛰었다.

마치 귀신에 홀린 것처럼…….

'싸움을 하면 절대로 패배하지 말라는 말은 참으로 인상적이었어.'

이한열이 속으로 중얼거렸다.

금군 위사 강호빈과 대결을 펼치고 있는 그는 여관숙 할머니의 말에 납득했다.

'맞아도 좋으니 이기는 싸움을 하고 싶어.'

매번 죽어라고 맞기만 하다 보니 그 역시 지는 걸 싫어하게 됐다.

그는 약하다고 놀림당하는 게 싫었고, 금군 위사들의 비웃는 시선도 싫었다.

자꾸 강호빈과 싸우다 보니까 소문이 났다.

강호빈과의 다툼을 멈추지 않는 이한열은 그도 모르게 싸움꾼으로 이름을 날렸다. 황궁에서 일하는 사람들 가운데 이한열의 소문을 접한 사람이 한두 명이 아니었다.

그는 싸움꾼 학사로 통했다.

"진사가 아니라 싸움꾼이다. 그의 진실한 정체는 뒷
골목에서 황궁에 심어 넣은 첩자다."

"감옥에서 나온 지 얼마 안 된 사람이다. 개과천선
해서 과거에 급제한 것이다."

"죽인 사람이 한두 명이 아니라고 한다."

계속해서 싸우는 이한열을 두고 수많은 소문들이 떠돌아다녔다. 이제 터무니없는 유언비어까지 난무하고 있는 실정이었다.

이한열은 돌아다니는 소문을 듣고 배꼽을 잡고 웃었다.

그리고 더 이상 소문과 유언비어에 신경을 쓰지 않았다.

그는 단지 강해져서 금군 위사들과 강호빈에게 복수하고 싶을 뿐이었다. 그리고 그들에 대한 복수를 넘어 장밋빛 미래를 꿈꿨다.

장밋빛 미래를 펼치기 위해서는 우선 강호빈을 이겨야만 했다.

'수단과 방법을 가리지 않고 강해져야 한다.'

이한열의 피가 들끓었다.

그가 강호빈을 이기거나 때리기 전까지는 다른 사람들에게 놀림당하고 무시당할 수밖에 없었다.

어떻게 보면 책 속의 여관숙과 똑같은 처지였다.

'나도 도끼를 들어야 하나?'

이한열은 잠시지만 진지하게 고민했다.

第五章

도끼 만행 소년

여관숙이 도끼를 휘두르며 마구 소리쳤다.

"너희들도 한번 죽어 봐라!"

허공을 무식하게 가르는 도끼에 아이들이 사방으로 흩어졌다. 여관숙을 또다시 괴롭히려던 아이들은 화들짝 놀랐다.

휘이잇!

도끼가 매섭게 도망치는 아이들을 노렸다.

산에서 나무를 찍어 대던 여관숙의 능숙한 솜씨가 아이들을 대상으로 펼쳐졌다. 번뜩거리는 도끼가 금방이라도 아이들의 몸을 찍으려고 날뛰었다.

"미쳤어!"

"드디어 돌아 버렸구나."

십여 명의 아이들은 감히 여관숙에 덤벼들 생각도 하지 못했다. 마을에서 가장 잘 싸운다는 대장 아이도 미친 듯이 도망쳤다.

와당탕!

돌멩이에 걸린 대장 아이가 거칠게 쓰러졌다.

"이제 내가 너를 괴롭힐 차례다."

여관숙이 대장 아이에게 빠르게 달려와서 음산하게 소리쳤다.

"엉엉! 잘못했어. 제발 용서해 줘."

대장 아이가 눈물과 콧물을 흘리면서 싹싹 빌었다.

그의 두 눈에는 공포가 가득 담겨 있었다.

얼마 전까지 여관숙을 괴롭힐 때 가지고 있던 우월 감은 눈을 씻고 찾아봐도 없었다.

"왜 나를 괴롭혔어?"

여관숙은 대장 아이가 참으로 별 볼 일 없는 녀석이라는 것을 깨달았다.

"그냥……. 별다른 이유는 없었어."

"별다른 이유 없이 나를 괴롭혔어?"

"응! 진짜야."

"하아! 너 진짜 나쁜 놈이구나. 이유도 없이 나를 괴롭히다니……."

슥!

여관숙이 도끼를 들어 올렸다.

"살려 줘!"

"너는 내가 그만 때리라고 부탁할 때 그만 때렸니?"

여관숙이 서늘하게 말했다.

빡! 빡!

퍽! 퍽!

도끼의 면으로 대장 아이를 두들겨 팼다. 날카로운 도끼날로 찍지는 않았지만 면도 충분히 위력적이었다.

"끄아악! 케엑!"

대장 아이가 맞을 때마다 벌레처럼 꿈틀거렸다. 단단한 쇳덩어리에 얻어터진 대장 아이의 몸에서 피가 흘러나왔다.

"크르륵!"

대장 아이가 피거품을 물면서 혼절을 하고 난 뒤에야 여관숙이 도끼질을 멈췄다.

"맞는 것보다 때리는 것이 좋구나."

여관숙은 몸을 부르르 떨었다.

뚝! 뚝!

도끼에서 떨어진 핏방울이 땅으로 스며들었다.

난생처음 사람을 짓밟은 여관숙은 진한 쾌감의 여운을 즐겼다.

대장 아이의 부모가 여관숙의 집으로 찾아왔다.

"이놈의 새끼! 당장 나와! 다리를 부러뜨려 주마."

"반쯤 죽여 놔요."

그들의 손에는 몽둥이가 들려 있었다.

그들은 아들을 다치게 한 여관숙을 단단히 혼쩌검을 내줄 생각이었다.

대장 아이의 부모들뿐만이 아니었다.

여관숙을 괴롭혔던 아이들의 지인과 친인들이 일제히 몰려왔다. 여관숙의 도끼 만행 사건을 전해 들은 사람들은 잔뜩 흥분해 있었다.

몰려든 사람들로 인해 여관숙은 잔뜩 겁을 먹었다.

"괜찮다. 기죽지 말고 어깨를 쭉 펴라."

"사람들이 잔뜩 왔어요."

"할머니가 해결하마. 너는 다친 데 없지?"

"없어요."

"오늘은 이겼나?"

"예, 그동안 저를 괴롭혔던 놈들이 혼비백산해서 도

망쳤어요. 그중에 가장 나쁜 놈은 눈물 콧물 흘리면서
잘못했다고 빌었고요."

"그래서 용서해 줬나?"

"도끼 면으로 패면서 용서해 줬어요. 피로 목욕을
하게 만들어 줬죠."

"알았다. 참으로 잘했다. 사내란 자고로 행동으로
보여 주는 거다."

할머니가 여관숙의 머리를 쓰다듬어 줬다. 그리고
부지깽이를 들고는 밖으로 성큼성큼 나갔다.

그런 할머니를 따라 여관숙도 밖으로 나섰다.

"저런 괴물 같은 놈!"

"하늘이 무섭지도 않더냐!"

"아이들에게 도끼를 휘두르는 미친놈아!"

사람들이 여관숙을 보면서 소리쳤다.

"할멈! 치매가 들었다고 해서 형편을 봐줬는데, 이
제는 그냥 넘어갈 수 없소. 당장 손자를 내놓으시오.
녀석이 정신을 차리도록 혼찌검을 내줘야겠소."

"우리 아이는 지금 의원에 누워 있어요. 뼈가 부러지
고 근육이 찢어졌대요. 어떻게 하실 건가요? 책임지세
요."

사람들이 할머니를 보면서 난리 쳤다.

할머니에게 마구 소리치는 사람들을 바라보던 여관
숙의 눈동자가 붉어졌다.

"닥치시오! 누가 누구의 잘못을 손가락질하는 것
인지 모르겠다."

할머니가 일갈했다.

"할멈의 손자가 금석이를 반쯤 죽여 놓았소. 그런데
도 잘못을 모른단 말이오?"

"참으로 뻔뻔한 할멈에 그 손자군."

사람들이 할머니의 말을 듣고 잔뜩 흥분했다.

"맞았다는 사실로 찾아왔다면 나는 너희들의 집을
오래전에 방문하고도 남았어. 금석이가 선동해서 내
손자를 괴롭혔다는 사실을 몰랐다고는 안 하겠지?"

할머니의 두 눈에서 독기가 흘렀다.

"험!"

"큼!"

사람들이 헛기침을 토했다.

작은 마을이었다.

그렇기에 사람들은 마을에서 무슨 일이 벌어지는지
잘 알았다. 금석을 비롯한 아이들이 여관숙을 괴롭힌
다는 사실을 어른들은 이미 눈치챘다.

그럼에도 불구하고 어른들이 아이들을 막지 않고

방관한 건 대수롭지 않게 여겼기 때문이었다.

"흥! 내가 치매에 걸렸기 때문에 그냥 방관한 것이기도 하겠지. 내가 모를 줄 알았더냐? 너희들이 내 손자를 노예처럼 부린다는 사실을 말이다."

할머니가 코웃음을 치면서 마을 사람들을 노려보았다.

사실은 치매에 빠진 할머니가 여관숙을 제대로 돌보지 못하자 어른들이 먼저 여관숙을 무시했다. 여관숙이 산에서 장만해 온 장작과 약초들을 헐값에 사들였다.

어른들의 그런 행태를 본 아이들이 자연히 여관숙을 따돌리면서 데리고 논 것이었다.

아이들은 어른들의 축소판이었다.

"내 손자는 나와 자신을 지키기 위해서 싸웠다. 누가 내 손자를 욕할 수 있겠느냐? 너희들은 감히 그럴 수 없을 것이다."

할머니의 눈에서 강렬한 의지가 흘렀다.

만약 그녀의 말을 무시하고 여관숙을 때리려고 한다면?

그녀의 손에 들린 부지깽이가 움직일 것이다.

치매에 빠진 할머니는 반쯤 미쳐 있었다.

눈에 흰자위를 많이 보이고 있는 할머니는 부지깽이를 사람의 몸에 망설임 없이 쑤셔 넣을 수 있는 독기가 철철 넘쳤다.

"아무리 그래도 이건 너무 심하지요. 금석이는 침대 위에서 두 달이 넘도록 누워 있어야 해요."

"무릎 끓고 잘못했다고 하시오. 이건 누가 봐도 관숙이가 잘못한 일이오."

몇몇 사람들이 아우성쳤다.

그런 사람들의 소리에 할머니가 즉각 반응했다.

"이런 미친놈들! 말해도 못 알아들으니 부지깽이로 귓구멍을 뚫어 주마."

할머니가 소리를 빽 지르면서 부지깽이로 사람들을 찔렀다.

휘익! 휙!

녹이 슬었지만 뾰족한 부지깽이가 사람들을 노렸다.

"이런 미친 할망구야!"

"미치려면 곱게 미쳐야지, 진짜로 해보자는 거냐?"

"그만둬요, 미친 할망구를 상대하지 마요."

사람들이 할머니에게서 후다닥 떨어졌다.

머리카락을 산발한 채 부지깽이를 휘두르고 있는

할머니의 모습은 무시무시했다. 치매에 빠졌다는 사실을 알고 있었지만 이렇게까지 미친 줄 마을 사람들은 몰랐다.

"미친 사람을 상대하면 피곤할 뿐이야."

"돌아가자."

마을 사람들이 하나둘씩 흩어졌다.

휘이이! 휘이이!

머리카락을 나부끼며 날뛰고 있는 할머니의 모습이 여관숙의 눈에는 아름답게 보였다.

"와아! 미치면 통하는구나."

여관숙은 아이들에게서 여전히 따돌림을 당했다. 이제 아이들은 여관숙을 아예 없는 사람 취급했다.

그리고 어른들도 여관숙에게 어떤 물건도 팔지 않고, 장작과 약초도 구매하지 않았다.

여관숙과 할머니는 마을에서 완전히 없는 사람으로 통했다.

미친 할머니와 그런 할머니의 가르침을 받은 여관숙을 마을 사람들은 멀리했다.

여관숙은 마을에서 어떤 일도 찾을 수가 없었다.

그렇다고 자존심을 굽힌 채 잘못했다고 사람들에게

빌지도 않았다.

그런 여관숙에게 혈마교의 무인이 찾아왔다.

"네가 도끼 만행 소년이냐?"

"네?"

"될 성싶은 떡잎이구나."

양손에 붉은 수투(手套)를 끼고 있는 무인이 여관숙을 흡족한 표정으로 바라보았다.

"네?"

"자고로 사내란 말이 통하지 않으면 행동으로 보여 줘야 하는 것이지. 오늘부터 너는 내 제자다."

"네?"

여관숙은 제대로 상황도 이해하지 못한 채 혈마교 장로인 묵철강괴의 제자가 됐다.

"찍어 버리지 않고 부숴 버렸구나."

이한열은 책 속의 내용에 푹 빠져들었다.

여관숙과 그의 할머니가 한 행동과 말들이 그의 마음에 알알이 스며들었다.

마치 그가 여관숙이 되어서 활동하는 것처럼 느껴졌다.

여관숙과 할머니의 광기가 은밀하게 숨어들어 와서 그의 몸과 마음에 스며들었고, 그것은 그의 영혼과 하나가 되었다.

책을 읽으면 보지 못하고 알지 못하던 걸 간접적으로 경험하며 거기에서 배우고 익히게 된다. 그렇기에 보통 사람들에게 책을 많이 읽으라고 하는 것이다.

"배우기는 배우는데……."

이한열은 광기를 어떻게 활용해야 할지 참으로 고민이었다.

무지막지하게 행동하는 건 계산적으로 행동하는 그에게 어울리지 않았다.

"아니다. 달리 보면 나에게 꼭 필요한 감정일 수도 있어."

이한열은 자신을 되돌아봤다.

그는 지겹도록 계산적으로 살아왔다.

과거를 준비하기 위해서 공부하고, 또 지식을 외웠다. 그 과정에서 철저하게 앞과 뒤를 따지고 과정과 결과를 예상했다.

어렵고 힘들며 화가 나는 일이 있어도 분노하기 전에 먼저 해결책을 고민했다.

"감정이 시키는 대로 움직이는 것도 나름 좋을 수도 있어."

마음과 행동을 일치시키게 된다.

언행일치!

감정대로 행동하는 사람은 적어도 표리부동한 사람은 아니다.

하지만 그런 사람들에게 거부감이 드는 것도 사실이었다.

학사인 그는 생각 없이 사는 사람들을 경멸해 왔다.

"나에게는 감정대로 행동하는 일이 맞지 않아."

이한열이 재빨리 계산하여 추론했다.

몸에 맞지 않는 옷을 입게 되는 것이다.

"따라서 변화가 필요하지. 몸에 맞게! 감정대로 움직일 때는 과감하게! 계산적으로 움직일 때는 예리하게!"

이한열은 광기를 자신의 몸에 맞춰야 할 때가 언젠가 미래에는 올지도 모른다고 예상했다.

세상은 변화막측하다.

그가 광기에 빠지지 않으려고 해도 주변에서 미치게 만들 수도 있었다.

가지 많은 나무에 바람 잘 날 없다는 말처럼 그가 쭉쭉 성장하면 문제가 생길 가능성이 높았다.

아니, 필히 그렇게 된다.

"높은 자리에 올라가기 위해서는 다른 사람들과 싸워야 하니까."

신분 사회는 삼각형 형태이다.

아래에는 많은 사람들이 우글거리고, 위에는 적은 사람들만이 부귀영화를 누린다. 위로 올라가기 위해서는 다른 사람들을 짓밟고 올라서야 한다.

자신을 제치고 앞으로 나아가는 사람을 타인들은 좋아하지 않는다.

사람들은 위로 올라가는 자를 막아서거나, 아니면 잡아챈다. 그것도 아니면 아래로 떨어뜨리려고 한다.

이한열은 황궁 내에서 일하면서 흉흉한 사회를 뼈저리게 느끼고 있었다. 잘나가다가도 까딱 잘못하면 나락으로 떨어질 수 있는 게 바로 황궁에서의 관계였다.

"내가 잘한다고 해서 싸움이 사라지는 것은 아니지."

이한열이 재차 입을 열었다.

"싸우는 일이 싫다면 낙향을 해야만 해."

이한열은 낙향을 할 생각이 눈곱만치도 없었다.

힘들게 노력해서 올라섰는데, 싸우기 싫어서 낙향하거나 복지부동하는 건 그에게 맞지 않았다.

"싸워서 머리가 터지는 한이 있더라도 붙어 봐야지. 그것이 남자지."

이한열은 사갈철왕에서 읽었던 대사를 그대로 내뱉었다.

학사에게 어울리지 않는 말이었지만 그것이 묘하게 어울

렸다.

이한열이 황궁에서 일을 하기 전이라면?

사파의 마두가 나오는 책은 볼 생각도 하지 않았을 것이다.

하지만 온갖 삿된 음모가 난무하는 세상에서 아무 사심 없이 사는 건 힘들었다.

그것은 무위자연이 아니라 무장해제를 당한 것이나 진배없었다.

"학사는 자고로 준비하는 사람이다. 사파의 마두가 쓴 글에서도 배울 점이 있으면 겸허하게 가르침을 받아야 한다."

이한열이 사갈철왕의 내용에 다시 눈길을 뒀다.

다른 사람의 평가가 아닌 그 자신의 눈으로 보고 사갈철왕의 일대기를 평가했다. 말은 쉽지만 자신의 가치관으로 사물을 본다는 것은 실로 매우 어려운 일이다.

세상에 섞여 살고 있는 사람은 언제나 보이지 않는 압박을 받고 있다.

그것이 바로 인간이 만든 질서다.

질서의 가공할 압박 앞에 사람들은 자신의 눈을 차단해 버리는 경우가 많다.

나쁜 짓을 엄청 저질렀다고 알려진 사갈철왕이 글을 썼

다고 해서 그 책까지 나쁜 것일까?

선입견을 가지고 보는 것이다.

이한열은 적어도 자신만의 주관적인 의지로 사갈철왕이라는 책을 보려고 했다.

거창한 말로 표현하기는 했지만 사실 보고 싶어서 책을 보는 것이었다.

팔락! 팔락!

이한열의 손이 닿을 때마다 책이 한 장씩 넘어갔다.

"……."

이한열은 책에 깊이 몰입했다.

혈마교에 들어가서 무공을 익히기 시작한 여관숙의 이야기가 흥미진진했다. 기초적인 수련에서부터 무공 연마에 관한 내용이 지나칠 정도로 상세하게 적혀 있었다.

슥!

이한열은 자신이 좋아하는 대목에서 순간 눈길을 멈췄다.

무공에 대한 이야기였다.

그런데 비기를 제외하고 기초적인 부분만 서술되어 있었다. 몸통만 있고 알맹이가 없다고 할까?

일반적인 무림인이라면 너무 상식적인 부분이라서 곧바로 넘어갔을 부분이었다. 이미 알고 있는 부분을 구태여 읽을 필요가 없는 것이다.

하지만 이한열은 당연히 그냥 지나칠 부분을 섬세하게 살폈다.

그동안 읽고 몸으로 익혔던 내용들이 그의 머릿속을 스치고 지나갔다. 모르고 지나쳤던 부분들이 사갈철왕의 상세한 설명 속에서 다시금 재해석됐다.

휘이잉! 휘이잉!

바람이 분다.

열어 둔 창문을 통해 들어온 바람이 머리카락을 흔들었다.

시원한 바람을 맞고 있는 이한열의 눈에서 무수히 많은 빛들이 명멸했다. 눈은 책의 내용에 고정되어 있었고, 사념들이 춤을 췄다.

이한열은 책을 읽으면서 그동안 지내 왔던 시간을 빠르게 되새기고 간파했다.

여관숙의 수련 편이 끝났지만 그는 더 이상 책을 넘기지 못했다.

책을 보고서 이처럼 진한 여운을 느끼는 것은 하나의 기적이다. 뼛속까지 울리는 강렬한 감동을 주는 책은 극히 드물었다.

이한열의 경험으로 볼 때 한 손가락 안에 꼽혔다.

스르륵!

의자에 깊숙하게 몸을 기댄 이한열이 두 눈을 감았다.

"……."

그의 머릿속에서 무수히 많은 생각들이 떠올랐다 사라지기를 반복했다. 폭포수처럼 그의 정신에 마구 떨어져 내렸다.

어느덧 켜져 있던 호롱불도 꺼지고, 짙은 어둠이 마치 장막처럼 그를 뒤덮었다.

이한열은 미동도 하지 않고 석상처럼 의자에 앉아 있었다.

第六章
여자

이한열이 궁궐로 향했다.

아직 해가 뜨지 않아 주변은 깜깜했다.

어젯밤 늦게까지 사갈철왕 책을 읽다가 잠든 그는 여관 숙의 무공 연마 부분까지 읽고 많은 걸 새로 배웠다.

그런 그가 금군 위사 강호빈과 대결을 하기 위해 이른 새벽부터 부지런히 걸음을 옮겼다.

비록 매번 패하고 있었지만 그는 불붙은 마른 장작처럼 기세가 강렬했다. 패할수록 그의 기세는 더욱 뜨거워지고 있었다.

하지만 강호빈과의 대결에서 좀처럼 이득을 챙기지 못했

다. 구타연신을 통해 진척을 얻고 있었지만 강호빈을 이기기에는 무리였다.

따라서 이한열의 얼굴과 몸에선 멍 자국이 떠나지를 않았다.

"한 대 패줘야 속이 시원한데……."

이한열의 두 눈에서 독기가 쏟아졌다.

독기는 시간이 흐를수록 강렬해지고 있었지만 마음먹은 대로 이루어지지 않는 것이 현실이었다. 벌써 많은 시간이 지났음에도 이한열은 강호빈을 단 한 대도 때리지 못했다.

저벅! 저벅!

이한열이 독기를 피우면서 발걸음을 옮겼다.

"해내고야 만다."

그가 마음을 다졌다.

고향에서 기다리고 있을 부모님, 그를 배신하고 떠났던 배하연, 과거에 떨어졌다고 무시했던 가문 사람들, 두들겨 맞는 모습을 비웃던 금군 위사들 등 여러 사람들의 얼굴이 그의 뇌리에 떠올랐다가 사라졌다.

그는 전시에 급제를 한 것처럼 이번에도 향긋한 열매를 쟁취하겠다고 다짐했다.

부르르! 부르르!

그가 주먹을 불끈 쥐었다.

어렵고 힘들게 살아왔던 시절이 그에게 끈기와 독기를 안겨 줬다.

"힘이 없으면 결국 무시를 당하는 거지."

이한열의 뇌리에 비참했던 날들이 떠올랐다.

"안주하지 말자."

이한열이 스스로에게 주문을 걸었다.

안정된 직장을 가지고 있는 그는 지금이라도 마음만 먹으면 편안하게 살 수 있었다.

비록 관직 생활에서 처음부터 삐끗했지만 그래도 어디까지나 전시에 급제를 한 진사였다. 녹봉만 가지고도 편안하게 살 수 있었다.

하지만 그는 지금의 삶에 결코 만족하지 않았다.

"내 삶은 절대 기구하지 않아."

이한열은 뜨거운 열정을 가지고 있었다.

대충 살아가면서 그냥 그렇게 사는 것으로 주저앉고 싶지 않았다.

"얼마나 좋은 기회인가! 시작은 미약해도 끝은 창대하게 만들 자신이 있다."

이한열은 주자소의 부정자로 있으면서 앞으로 나아갈 장밋빛 미래를 보았다.

가난한 집안의 장남으로 태어나 시골에서 얼마나 비굴하

게 살아왔던가!

억압받아 왔기에 나쁜 환경에서 더욱 힘을 낼 수 있었다.

그는 밤을 낮 삼아 무공 연구에 몰두했다.

구타연신을 당할 때는 고통스럽지만 점점 몸에 활력이 깃들고 육체가 튼튼해졌다. 옷자락 사이로 감춰진 몸에는 이제 근육까지 생겨났다.

그는 옷을 벗고 바라본 자신의 육체에 스스로 감탄했다.

"맞는 건 두렵지 않아. 다만 어제와 똑같은 내가 두려울 뿐이다."

이한열은 고여서 썩어 가는 물 같은 삶이 싫었다. 항상 흐르고 흘러 넓은 대해와 기름진 땅으로 나아가기를 원했다.

그가 새로운 오늘을 원하면서 황궁을 향해 걷고 있을 때였다.

"입궐하십니까?"

허리를 굽혀 인사를 한 천대복이 존경하는 눈빛으로 이한열을 바라보았다.

'참으로 고마운 분이다. 고달픈 생활을 윤택하게 바꿔 주고, 힘들게 일해도 인정받지 못하던 주자소 기술자들의 생활을 활기차게 변화시켜 줬어.'

이한열은 천대복에게 힘이 되어 주는 상관이었다.

이한열의 말이라면 불 속으로도 뛰어들 천대복이었다. 그리고 그건 다른 주자소 기술자들도 마찬가지였다.

주자소의 기술자들은 이한열의 능력을 높이 평가했다. 그렇기에 나이가 어리다고 무시하지 않고 진심으로 이한열을 따랐다.

젊은 이한열은 마치 아버지나 형처럼 주자소의 기술자들을 돌봐 줬다. 그 역시 힘든 시절을 보내 보았기에 주변 사람들의 어려움을 잘 헤아렸다.

배고프고 가난했던 한을 알기에 따르는 사람들을 배부르고 잘살게 해주려고 노력했다.

그렇기에 천대복이 이한열을 존경하고 상관으로서 진심으로 대하게 된 것이었다.

"그대는 오늘도 이른 출근이군."

"나이가 들다 보니 잠이 없어서요."

"그대는 늘 열심히 일을 하는군. 참으로 보기 좋아."

이한열이 말했다.

핑!

천대복은 눈물이 나도록 반가웠다.

선비는 알아주는 주군을 위해 죽는다는 말이 있다.

약간 다르지만 목공도 마찬가지였다.

주자소에 들어온 이후 관리들 가운데 어느 누구도 알아

주지 않던 일을 이한열이 인정해 줬다.

늙은 그를 알아주는 사람은 이한열뿐이었다.

천대복에게 있어 이한열은 은인이나 다름없었다.

"하하하! 천 목장은 참으로 마음이 여려. 천 목장이 있기에 내가 편안하게 주자소 생활을 할 수 있는 거야."

이한열이 웃으며 말했다.

그가 지시한 일을 천대복은 늘 깔끔하게 처리하곤 했다.

천대복의 노회한 일 처리가 이한열에게 큰 도움이 되고 있었다.

"제가 무슨 큰 도움이 되겠습니까? 모두 부정자님의 혜안 덕분입니다."

"당치도 않은 소리! 내가 무슨 혜안이 있다고 그러는가? 황제 폐하의 은혜와 자네의 뛰어난 실력이 좋은 것이야."

대화를 나누는 그들의 발걸음이 궁궐을 향해 나아가고 있었다.

이한열의 얼굴에는 아직 가시지 않은 푸른 멍이 남아 있었다. 시퍼런 멍 자국이 이한열의 얼굴을 핼쑥하게 보이도록 만들었다.

그런 이한열의 모습에 천대복은 마음이 안타까웠다.

"오늘도 또 싸우러 가십니까?"

"그래."

"왜 자꾸 맞으면서 싸우는 겁니까?"

"글쎄!"

이한열은 잠시 고뇌했다.

천대복이 진심으로 따르고 있지만 속마음을 그대로 토해내기에는 무리였다.

결국 적당하게 둘러댔다.

"강해지고 싶기 때문이지."

이한열이 말했다.

그의 말은 거짓이 아니었다.

"학사인데 강해지신다고요?"

"남자이니까. 그리고 강해지는 데 신분의 구분이 있는가?"

이한열의 말에 천대복의 눈이 동그래졌다.

"그렇군요. 학사님도 남자이시지요."

천대복은 고개를 끄덕거리며 나름대로 납득했다.

그가 어떻게 납득했는지 이한열은 묻지 않았다.

적당히 둘러댄 대답을 어떻게 이해했는지 알 필요는 없기 때문이다.

천대복이 다시 입을 열었다.

"그나저나 부정자님도 이제 혼인을 해야 할 나이 아닌가요?"

"혼인?"

"예."

"젊은 나이에 벌써 혼인하고 싶은 생각은 없어."

스물하나인 그는 아직 미래가 창창했다.

벌써부터 가정을 이뤄 가정에 묶일 생각은 눈곱만치도 없었다.

"과거를 공부하느라 여자들을 거의 만나 보지 못했어."

이한열이 한 섞인 음성으로 이야기했다.

그의 뇌리에 배신하고 떠났다가 다시 사귀자고 했던 배하연이 떠올랐다 사라졌다.

하지만 배하연은 그에게 은인이기도 했다.

배하연에게 배신당한 뒤로 더욱 열심히 과거에 매진할 수 있었기 때문이다.

과거 급제에는 적지 않은 배하연의 도움이 있었다.

"그렇군요."

천대복이 이한열을 불쌍한 눈초리로 바라보았다.

"그렇기에 될 수 있으면 많은 여인들을 만나 보고 싶어. 많은 여자들을 만나 보고, 그녀들 가운데 좋은 여자와 단란한 가정을 꾸리며 살고 싶어."

이한열이 자신의 속내를 드러냈다.

죽어라고 공부해서 과거에 급제한 것에는 아름답고 편안

한 여자를 만나는 것도 포함되어 있었다.

공부를 열심히 하면 미래의 부인이 달라진다고 했는데…….

과연 미래의 부인이 얼마나 예쁘고 착할지, 벌써부터 기대가 됐다.

"많은 여자들을 만나 본다고요? 좋은 생각입니다."

"그렇지. 나보다 어린놈들이 여자들을 만나고 다닌다는 이야기를 들었더니 참으로 어이가 없더군."

이한열이 말했다.

"누구를 말씀하시는지……?"

"그런 어린놈이 있지."

이한열이 근래 탁탑천을 강하게 굴리는 데에는 약간의 질투심이 섞여 있었다. 그에게도 없는 연인이 어린 탁탑천에게 있다는 사실이 마음에 들지 않았다.

'부러우면 지는 거라고 하던데…….'

이한열은 솔직한 심정으로 부러웠다.

과거 공부를 하다 보니 그만 시기를 놓쳐 여자와 만나지 못했다. 가난하던 시절에는 여자들이 오지 않았고, 과거에 급제하고 난 뒤에는 그가 고향 마을 여자들을 원하지 않았다.

그리고 북경에 오고 난 뒤에는 바쁘고 좁은 인간관계로 인해 여자를 만나지도 못했다.

'탁탑천을 더 굴려야겠어.'

이한열은 부러운 마음에 더욱 탁탑천을 혹사시키겠다고 별렀다.

음양은 서로에게 끌리는 것이 자연의 이치!

남자가 여자를 찾는 건 자연의 섭리이다.

그런 자연의 섭리에서 어린놈들이 어린 여자들을 먼저 건드리면 젊은 사내들의 선택의 폭이 좁아지게 된다.

어린놈들이 어여쁜 어린 여자들에게 침 바르는 건 젊은 사내 이한열이 볼 때 적극적으로 말려야 되는 일이었다.

"혼자 계시는 모습이 참으로 보기 안 좋아서 하는 말인데, 혹시 괜찮은 여자가 있으면 만나 보시렵니까?"

느닷없는 천대복의 말이었다.

"여자?"

이한열의 눈빛이 반짝였다.

아직 결혼하고 싶지는 않았지만 여자는 만나고 싶었다.

도둑놈 심보라고 할지 몰라도 그것이 바로 남자였다.

'남자를 유혹하는 건 여자의 숙명이지. 결혼하기 싫다고 해도 만나다 보면 결혼에 이르게 되는 법이고.'

천대복은 속으로 중얼거렸다.

알 수 없는 남녀 관계는 단순히 계산적으로 끝나지 않는다. 만나서 불꽃이 튀기면 곧바로 사랑에 빠지기도 한다.

한눈에 반한다는 말이 괜히 있는 것이 아니었다.

천대복은 아름답고 참한 결혼 적령기의 여자가 있었기에 이야기를 꺼낸 것이다.

"아름답고 마음씨가 비단결처럼 고운 아가씨이지요. 작은 포목점을 하고 있는 아버지 일을 돕느라 아직까지 남자를 구경하지 못했다는 모태 소녀이지요. 어디에 내놓아도 나무랄 데가 없는 아가씨입니다."

이한열의 입가 미소가 진해졌다.

천대복의 말에 의해서 그의 뇌리에 그려진 상상의 여인은 무척이나 훌륭했다. 생각만 해도 기대가 되는 여인이었다.

그동안 겪어 본 바로 볼 때, 천대복의 말에는 허언이 없었다.

천대복의 말처럼 좋은 여인이라면 참으로 기쁜 일이었다.

제대로 진한 연애 한 번 못 해 본 이한열의 삶에 경사였다.

"만남을 주선하오리까?"

천대복이 물었다.

그는 이미 여자의 집안에는 이야기를 꺼내 놓은 상황이었다.

아니, 거꾸로 여자의 집에서 먼저 이야기를 꺼냈다.

포목점의 주인인 노한성은 천대복과 같은 고향 사람이다. 평소 친형제처럼 지내는 그들이었고, 천대복이 이한열에 대한 이야기를 자주 꺼냈다.

흥미로워하던 노한성은 천대복에게 이한열과의 혼담을 주선해 줄 것을 원했다.

평소 허언을 하지 않는 천대복의 말로 볼 때, 이한열은 사윗감으로 무척이나 훌륭했다.

노한성은 진사 출신에 주자소의 기술자들을 휘어잡는 처세술을 가진 이한열에게 높은 점수를 줬고, 이미 이한열을 사윗감으로 생각하고 있었다.

북경에서 포목점을 하고 있는 노한성의 집안에는 돈이 많았다. 게다가 포목점을 하면서 그들이 알고 있는 귀인들도 적지 않았다.

천대복은 노한성과 노설화가 이한열에게 도움이 될 거라 판단했다.

그렇기에 이한열에게 노설화와의 만남을 종용한 것이다.

"그렇게까지 말하는데 만나 봐야지."

이한열이 입가에 웃음을 띠었다.

"알겠습니다. 사흘 뒤에 만나는 걸로 하겠습니다."

"사흘 뒤?"

"얼굴에 멍 자국은 사라져야 하지 않겠습니까?"

"그렇군. 오늘부터 얼굴은 맞지 말아야겠어. 정 안 되면 강골연신액을 바르면 되지만."

이한열이 말했다.

최대한 얼굴을 맞지 않도록 노력해 보겠지만 안 되는 일은 어쩔 수 없다. 새롭게 만든 강골연신액으로 몸의 상처를 사라지게 만들어야 했다.

"강골연신액을 사용하면 오늘 곧바로 만남을 주선해도 괜찮겠습니다?"

"오늘로 하지."

쇠뿔도 단김에 빼랬다고, 이한열이 약속을 확정했다.

시간을 쪼개서 쓰고 있는 그는 바쁜 남자였다.

사실 바쁘게 지내고 있는 그에게는 여자를 만날 시간적 여유가 없었다.

그럼에도 불구하고 여자를 만나는 이유는?

'어차피 잘 먹고 잘 살자고 노력하는 것이다. 여자를 못 만날 이유는 없지.'

이한열의 눈이 초롱초롱 빛났다.

그가 광적으로 땀 흘리며 노력하는 이유 중에는 아름다운 여자와의 만남도 포함되어 있었다. 노력하는 자만이 미녀들과 만날 수 있었다.

이한열은 즐기기 위해서 노력하는 것이지, 단지 어떤 위치에 오르기 위해서 땀 흘리는 것은 아니었다. 결과보다 과정을 중시하는 그였다.

그것은 과거에 두 번이나 낙방하면서 생긴 가치관이었다.

"오늘 퇴궐하시고 만날 수 있도록 준비하겠습니다."

"그래."

이한열이 고개를 끄덕였다.

화아아! 화아아!

동쪽 하늘 위에 눈부신 태양 빛이 떠올랐다. 어둠이 깔린 대지가 천천히 밝아지고 있는 모습은 참으로 환상적이었다. 황금빛 태양이 대지를 골고루 비췄다.

휘이잉! 휘이잉!

상쾌한 바람이 불었다.

활기찬 기운이 이한열의 몸을 타고 퍼졌다.

"오늘 하루도 힘차게 하자!"

이한열이 스스로에게 주문을 걸었다.

그리고 그 주문은 강한 전염성을 지니고 있었다.

"힘차게 보내겠습니다."

천대복이 주먹을 불끈 쥐면서 소리쳤다.

"후후후!"

이한열의 입에서 웃음소리가 새어 나왔다.

그가 앞으로 힘차게 걸었고, 그 뒤를 천대복이 따랐다.

잘 정비된 길 끝에 웅장하면서 화려한 황궁이 모습을 드러냈다.

저벅! 저벅!

학창의를 입은 이한열이 청홍로를 걸었다.

이한열은 청홍로의 중심가를 걸으며 지나가는 여자들을 살폈다.

촌에 있다가 올라와서 그런지 아름답고 잘 차려입은 북경의 여인들을 바라보는 습관이 생겼다.

'저 여자는 얼굴은 예쁘지만 몸이 별로군. 저 여자는 몸매가 참으로 매혹적이네. 걸을 때마다 출렁이는 가슴의 움직임이 예술적이야.'

이한열이 여인들의 얼굴과 몸을 평가했다.

아름다운 여자를 보면서 눈이 호강했고, 육감적인 여인들을 보면서 마음이 즐거웠다.

잘사는 부촌을 옆에 두고 있는 청홍로는 물이 좋기로 소문난 곳이었다. 부촌에 사는 사람들이 청홍로를 자주 찾았고, 찻집, 음식점, 귀금속점을 비롯한 좋은 상점들이 많았다.

여유롭고 아름다운 여인들은 청홍로의 좋은 상점들을 들락거렸다.

청홍로에 대한 소문이 나면서 돈 많은 사람들과 아름다운 여인들이 더욱 많이 몰려들었다.

'역시 전시에 급제하기를 잘했어.'

이한열이 속으로 생각했다.

북경 청홍로를 돌아다니는 여인들은 시골 촌의 여인들과는 전혀 달랐다.

북경 여인들의 예쁘장한 얼굴과 들어갈 데 들어가고 나올 데 나온 탐스러운 몸매는 빼어났다. 북경 도심의 중심가를 걸어 다니기 위해서 여인들은 한층 더 꾸몄다.

여인들에게 있어 북경 도심의 거리를 걸어 다니는 일은 하나의 전쟁이었다. 그녀들은 남보다 아름답게 보이기 위해서 노력했다.

'옷은 단순히 몸에 걸치는 것이 아니구나. 얼굴과 분위기의 조화를 맞춰야 하는 것이다.'

이한열은 거리의 여인들을 보면서 새로운 걸 깨달았다.

지금까지 그는 학창의면 그냥 족했다.

학창의!

흰 색깔의 학사를 뜻하는 옷을 입고 별생각 없이 돌아다녔다.

슥!

이한열이 지금 입고 있는 학창의를 살펴보았다.

밋밋하고 여유로운 학창의가 걸을 때마다 심하게 펄럭거렸다. 너무 넓은 소맷자락이 펄럭거리는 모습이 심히 거추장스러워 보였다.

'다음부터는 학창의를 살 때 나와 조화로운 걸 찾아야겠어.'

이한열은 옷 가게에 가서 자신과 조화로운 학창의를 사야겠다고 생각했다.

일반적인 경우 옷이 날개다.

사람이 사람을 볼 때 가장 먼저 눈에 들어오는 것 중의 하나가 바로 옷이었다. 그런 옷을 대충 걸치고 다니는 건 만나는 사람들에게 결례가 될 수도 있었다. 아니, 나쁜 선입견을 심어 줄 수 있었다.

"저기구나."

이한열의 눈에 천연루가 보였다.

여인을 만나기로 한 약속 장소가 바로 천연루였다.

第七章

노설화

천연루의 실내는 아늑하면서도 차분한 분위기를 풍겼다.

이한열이 푹신한 의자에 몸을 기댔다.

가죽이 덧씌워져 있는 의자는 딱딱하지 않았다.

적당하게 몸을 받쳐 주는 감촉이 훌륭했다.

고급스러운 천연루답게 의자까지 고급스러웠다.

천연루 삼 층 창가에 앉은 이한열이 밖의 풍경을 유심히 바라다보았다. 위에서 내려다보는 길거리의 풍경은 색다른 맛이 넘쳤다.

사람들이 지나가는 광경이 무척이나 재미있었다.

그의 시선은 여전히 아름다운 여인들을 보며 평가를 매

기기 바빴다.

그때였다.

삼 층 계단 위로 한 명의 여인이 들어섰다.

노란 비단옷을 입고 있는 그녀의 귀에 걸린 보석이 흔들거리며 빛났다.

그녀가 삼 층을 두리번거리더니 이내 이한열이 있는 곳을 바라보았다. 학창의를 입고 있는 이한열을 본 그녀의 입가에 미소가 어렸다.

"실례지만 이한열 진사님이신가요?"

그녀가 살짝 머리를 숙이며 말했다.

그녀의 귀밑 머리카락이 살짝 흘러내렸다.

슥!

그녀가 흘러내린 머리카락을 섬섬옥수로 다시금 추켜올렸다. 여성의 매력을 물씬 풍겨 내는 귀여운 동작이었다.

"이한열입니다. 노설화 소저이시오?"

"네."

그녀가 방긋 웃었다.

붉은 입술 사이로 하얀 치아가 반짝였다.

"앉으시지요."

"고마워요."

자리에 앉은 그녀가 이한열의 얼굴을 빤히 들여다보았

다.

의외로 그녀는 만남 주선자인 천대복을 데리고 오지 않고 홀로 나왔다. 보통 이런 자리에는 만남 주선자가 함께하는 법이었다.

슥!

이한열이 노설화와 시선을 마주쳤다.

흰 피부에 오밀조밀한 이목구비, 큰 눈동자가 매력적인 얼굴이었다. 여인 특유의 선이 매혹적인 그녀는 천대복의 말처럼 미인이었다.

하지만 눈에 확 띄는 미인은 아니었다.

북경에서 비교적 흔하게 볼 수 있는 정도였다.

"숙부에게서 말씀 많이 들었어요."

노설화가 말했다.

이한열에 대한 천대복의 칭찬이 자자했다.

그녀는 이한열이 명석하고, 일 처리가 깔끔하고, 겸손하고, 사람을 다루는 데 있어 뛰어난 사람이라는 말을 천대복에게 들었다.

물론 노한성 역시 따로 이한열에 대해서 알아봤다.

딱 하나, 금군 위사와 싸운다는 사실만이 문제일 뿐, 천대복의 말은 결코 과장이 아니었다. 그리고 강해지고자 싸우는 것도 결코 허물이 아니었다.

"혹시 욕은 하지 않던가요?"

딱딱하게 만남을 할 생각이 없는 이한열이 가볍게 웃자
고 말했다.

"아니에요. 칭찬을 얼마나 많이 하셨는지 몰라요."

"다행이로군요."

슥!

이한열이 손을 들자 점원이 다가왔다.

"뭐 드시겠습니까?"

"차로 부탁드려요."

"오미자차 두 잔!"

주문을 받은 점원이 물러났다.

주문하는 이한열을 노설화가 은밀하게 살폈다.

그녀의 눈빛이 초롱초롱 빛났다.

잘생겼다고는 말할 수 없지만 괜찮게 생긴 얼굴이 나름
보기 좋았다.

'얼굴은 중상이네. 진사에 오른 걸로 보아서 머리는 상
급일 테고.'

이미 이한열에 대해 알고서 나온 그녀는 그의 점수를 매
겼다. 어지간한 사람이었다면 노한성이 만나라고 하지도
않았을 것이다.

앞으로 포목점을 맡아서 운영해야 할 외동딸 노설화였기

에 노한성이 무척이나 신경을 썼다.

"대단한 능력을 지니셨다면서요?"

"어떻게 들으셨는지 모르겠군요. 그저 땀 흘리며 노력할 뿐이지요."

이한열이 말했다.

겸양이 미덕인 세상이지만 이한열은 자신의 대단한 능력을 부정하지 않았다. 진사에 오르고 난 뒤 그는 은연중에 오만해졌다.

그것은 그의 자존심이었다.

"명석하신 데다 성실하기까지, 금상첨화네요."

부인하지 않고 첨언하는 이한열을 보면서 노설화가 빙그레 웃었다.

'잘난 척하네.'

그녀는 내심 이한열을 무시했다.

포목점의 차기 주인인 그녀는 어렸을 때부터 자수성가한 아버지 노한성을 따라 포목점에서 일했다. 그리고 포목점이 점점 커지면서 많은 사람을 만났다.

그녀의 손님들 가운데에는 진사들도 있었다.

'옷차림 봐! 촌티가 줄줄 흐르네.'

그녀는 처음으로 여자를 만나러 나온 이한열의 평범한 옷차림에 적잖이 실망했다. 평범한 학창의는 전혀 멋있거

나 우아하지 않았다. 특히 이한열과 어울리지 않는 학창의
였다.

포목점에서 주로 옷을 재단하는 그녀에게는 참으로 안타
까운 모습이었다.

"포목점에서 일을 돕고 계신다고요?"

이한열이 자연스럽게 지금 노설화가 하고 있는 일에 대
해서 물었다.

"예."

"그럼 직접 옷을 만드시나요?"

"그렇죠. 저는 옷 만드는 시간을 좋아해요."

"좋아하는 일을 할 수 있다는 건 행복한 것이죠. 지금 입
고 있는 옷도 손수 제작하신 것인가요?"

"네! 제가 어제 직접 만들었어요."

"실력이 대단하군요."

이한열이 감탄했다.

몸을 감싸고 있는 노란 비단옷은 우아하면서도 고아한
품위를 풍겼다. 개나리처럼 봄을 불러오는 싱그러움이 흘
렀고, 봉긋 솟아오른 가슴 위에 수놓아진 꽃이 마치 금방이
라도 밖으로 튀어나올 것처럼 보였다.

절묘한 부위에 수놓아진 꽃은 노설화의 몸매를 보다 농
염하게 만들었다. 봄의 싱그러움이 그녀의 몸에 흐르는 것

처럼 느껴졌다.

노란 비단옷은 이한열이 길거리를 걸으면서 보았던 옷들 가운데 최고로 주인과 조화로웠다.

"연기나 안개는 언뜻 보면 똑같은 색으로 보이지만 실제는 미묘한 차이가 있어요. 저는 생사를 노랗게 염색하면서 약간씩 차이를 줬죠. 염색한 생사를 이용하여 자연스럽게 옮아가도록 명암에 심혈을 기울였어요. 이렇게 명암을 주면 한층 더 생명감을 불어넣는 효과가 생겨나요."

생기 넘치는 표정의 노설화가 들뜬 목소리로 이야기했다.

"명암은 덜고 줄이고 얕고 엷게 하는 소담과 하나로 통하죠."

"소담과 이어진다고요?"

노설화가 반문했다.

학문적 지식이 깊지 않은 그녀는 이한열의 말을 이해하지 못했다.

"간솔한 질박함에서 농익은 화려함을 끌어낼 수 있고, 담백함 속에 지극한 맛을 담아낼 수 있는 법이죠. 간솔한 질박함과 농익은 화려함은 일견 대립되는 풍격 같지만 서로 어울려 상승되는 변증법적 통일에 이르게 됩니다. 이는 명과 암이라는 범주와 똑같은 겁니다."

이한열이 시냇물이 흐르는 것처럼 자연스럽고 알기 쉽게 설명해 줬다.

"아!"

이해한 노설화가 탄성을 터트렸다.

그녀가 심혈을 기울여 만든 옷에 대한 학문적 평가와 해설이 무척이나 신선했다.

"색이 엷은 부분은 초췌하여 보잘것없어 보이나 짙은 색과 어울려서 두껍고도 그윽한 분위기를 뿜어냅니다. 언뜻 소략한 듯 보이지만 진정 참멋이 우러나오는 것이지요."

이한열이 추가적인 부분을 나지막이 이야기했다.

그의 시선은 날카롭게 노설화의 노란 옷을 훑어보며 설명을 이어 갔다.

"명암의 품격은 자연스러운 박실함을 중시하니 채색을 씀에 농염한 수식을 추구하지 않는 편이 좋겠지요. 동시에 평상함과 담백함 가운데 진정한 멋과 긴 울림을 선보여야 합니다. 이러한 예술적 경지를 제대로 묘사한 선인이 바로 심종건 님이십니다. 심종건 님이 남기신 그림과 저서들을 살펴보면 도움이 될 거라고 생각합니다."

이한열의 설명에는 거침이 없었고, 그의 말에는 깊은 통찰이 담겨 있었다.

"오미자차 가지고 왔습니다."

점원이 오미자차를 탁자 위에 올려놓고 물러났다.

점원으로 인해 잠시 이야기가 끊겼다.

'어지러워.'

갑작스럽게 학문적인 이야기를 들은 노설화가 멍한 표정을 지었다. 처음에는 듣기 좋았지만 계속된 이한열의 설명은 그녀의 지적 허용 한도를 가뿐히 초월했다.

그녀는 감각적으로 포목점에서 일하면서 즐길 뿐, 이론을 미친 듯 깊이 있게 파고들지는 않았다.

한마디로 그녀의 방식은 경험적인 것이고, 이론적인 뒷받침은 미약했다.

하지만 그녀에게도 장점은 있었다.

손재주가 뛰어난 그녀는 경험을 통해 생사의 염색 방법과 어떻게 비단을 짜야 하는지, 그리고 재단을 무슨 방식으로 해야 아름다운지를 기억했다.

많은 경험을 통해 만들어진 그녀만의 아름다움이 존재했다.

하지만 동시에 한계라는 것도 존재했다.

그녀가 명암을 줘서 만든 노란 비단옷 제작법은 이미 시중에 알려진 방법이었다.

경험을 통해서 기존의 방식을 익히는 건 빨랐지만 새로운 걸 개발하지는 못했다.

"시와 문장과 글씨와 그림을 배우게 되면 처음엔 기교의 현란함에 이끌리게 됩니다. 하지만 점차 공력이 쌓여 예술의 깊은 맛이 배면 소박하고 평이해집니다. 담박함은 현란함을 넘어서는 깊이가 있습니다."

이한열이 명암에 대해서 최종적으로 설명했다.

알아듣기 쉽게 설명을 해주면서 그 역시 배웠다.

가르치면서 배운다!

이한열은 잔뜩 덧칠한 듯 알고 있던 지식들을 자신만의 지혜로 이끌어 냈다.

번뜩!

지혜가 그에게 새로운 영감을 선사해 줬다.

그가 지금 깨달은 명암과 상담에 대한 관념은 선진 도가의 중요한 화두였다. 이런 그의 깨달음은 장자와 노자에도 나타나 있다.

깎고 쪼고 하다간 결국 자연의 소박함으로 되돌아 간다.

편안하고 담담함으로 으뜸을 삼는다.

소박하고 수수한 세계에서 마음이 노닌다.

이한열은 기존에 알고 있던 내용을 자신만의 정신세계에

서 완전히 이해했다.

중요한 미학적 발전이자 서예적 발전이며, 무학적 발전이었다.

반짝!

이한열의 눈동자가 밝고 맑게 빛났다.

밤하늘의 달빛처럼 은은하고 신비한 기운을 뿜어내고 있는 눈동자였다.

그 시선을 접한 노설화는 온몸이 발가벗겨지는 느낌을 받았다.

'싫어.'

그녀가 치욕감에 몸을 부르르 떨었다.

눈빛이 마음에 걸린 그녀는 황급히 붉은 입술을 달싹거렸다.

"호호호! 이쪽 분야에서 오랜 세월 일한 장인처럼 말씀하시네요."

그녀가 짤랑짤랑 웃음을 토해 냈다.

부르르! 부르르!

이한열의 몸이 살짝 요동쳤다.

"아!"

이한열이 아쉬운 탄성을 터트렸다.

찰나의 순간 삼매경에 빠져들었던 그의 정신이 다시금

현실 세계로 되돌아왔다. 무수히 명멸하던 사념들이 빠르게 물러갔고, 노설화의 목소리만이 들렸다.

"혹시 이쪽에서 일해 보셨어요?"

노설화가 물었다.

삼매경이라는 황홀한 세계를 무참히 깨뜨린 그녀를 보면서 이한열이 원망스러운 눈빛을 보냈다. 하지만 이내 그는 그 감정을 흐트러뜨렸다.

'삼매경의 단초를 준 여인이다.'

이한열은 고마워하는 감정을 가지도록 노력했다.

하지만 인간이기에 그런 감정을 억지로 피워 내는 것이 쉽지는 않았다.

게다가 노설화를 원망하는 감정이 스멀스멀 피어날 수밖에 없는 이유가 있었다.

'싫어하는 감정을 노골적으로 드러내는 여인이다. 내 눈빛에 발가벗겨지는 느낌 때문에 억지로 나의 삼매경을 깨뜨렸어.'

이한열은 노설화가 일부러 크게 웃었다는 사실을 알고 있었다.

그는 지금의 만남이 불쾌해지기 시작했다.

"해 본 적이 없지요."

애써 마음을 다스리고 있던 이한열이 말했다.

"그런데 어쩜 그렇게 잘 아세요?"

"만류귀종이지요. 무수히 많은 개울들이 있어도 결국에는 바다로 흘러드는 법입니다."

"그렇군요. 만류귀종이라는 말을 또 듣네요."

"어디서 들었나요?"

"명암염색직법을 개발한 여인에게서 들었어요."

"그 여자를 잘 아시는 모양이죠?"

이한열이 흥미를 드러냈다.

명암염색직법은 그가 생각해도 대단했기 때문이다.

기술적으로도 훌륭했고, 이론적으로도 환상적이었으며, 감각적으로도 아름다웠다. 이는 명암염색직법을 개발한 여인이 기술도 있고, 이론도 훌륭하며, 감각도 뛰어날 가능성이 높다는 사실을 알려 줬다.

단지 우연하게 발견되기에 명암염색직법은 무척이나 뛰어났다.

"그냥 조금 알아요."

노설화가 살짝 미간을 찡그리며 말했다.

"어떤 여자이죠?"

이한열이 물었다.

"말하려고 하면 이야기가 길어져요."

그녀가 대화를 돌리려고 했다.

명암염색직법 개발자에 대해 좋아하지 않는 감정도 있었고, 또 다른 여자에 대해 물어보는 이한열에 대한 반감도 생겼기 때문이다.

하지만 싫어하는 그녀의 기분을 알아차리고도 이한열은 가뿐히 무시했다.

그녀도 방금 전 그의 삼매경을 깨뜨리지 않았던가!

그도 그녀가 싫어하는 일을 할 수 있었다.

게다가 개인적으로 명암염색직법 개발자에 대한 호기심이 생겼다.

"괜찮아요. 재미있을 것 같으니까 이야기해 주세요."

이한열이 부탁했다.

질끈!

그녀가 붉은 입술을 깨물었다.

'눈치도 없네.'

노설화는 이한열을 답답한 눈초리로 바라보았다.

눈은 마음의 창이다.

싫어하는 그녀의 감정이 이한열에게 여실히 전달됐다.

'마음이 착하다고 하더니, 어디가 착한지 모르겠네.'

이한열은 속으로 혀를 찼다.

천대복의 과대 포장에 속은 것이다.

"몸이 우선이고, 그다음이 옷이라는 사실을 강조하는 여인이 있어요. 옷을 입었을 때 편안하면서 우아하고 아름다워야 한다고 항상 말하고는 하죠."

그녀가 최대한 짧게 이야기했다.

하지만 그 이야기에는 많은 내용들이 함축되어 있었다. 그리고 하나의 사실에서 여러 가지를 유추할 수 있는 능력이 이한열에게는 있었다.

"혁명과도 같은 일이군요."

"그녀는 북경에서 가장 유명한 여자 재단사예요."

안수진의 포목점은 항상 손님들로 득시글거린다.

한 번이라도 그녀의 옷을 입어 본 사람들은 다시 그녀의 포목점을 찾았고, 그녀의 옷을 처음 본 사람들은 포목점에 찾아와서 자신의 옷도 만들어 달라고 아우성친다.

북경 외곽에서 처음 시작한 그녀의 포목점은 지금 최고의 번화가에 위치했다.

그녀의 포목점은 계속해서 성장하고 있었다.

"자신의 가치관을 옷에 적응시킨 선각자이니 당연한 결과네요."

이한열은 감탄을 금치 못했다.

북경에서 가장 유명해지기까지, 얼마나 많은 땀을 흘렸을까?

그녀의 노력에 찬사가 절로 나왔다.

그는 노력하는 안수진이 강렬한 매력을 지닌 여성이라고 느꼈다.

그런 기운을 느꼈기 때문일까?

"언젠가 제가 그녀를 뛰어넘을 거예요."

노설화가 뾰족하게 소리쳤다.

슥!

이한열이 어처구니없다는 눈초리로 노설화를 바라보았다.

사람은 저마다 가능성을 가지고 있다.

하지만 그 가능성을 키우기 위해서는 땀 흘려 노력해야 한다.

이한열이 볼 때 노설화는 결코 노력하는 사람이 아니었다.

만일 노력하는 사람이라면 그가 설명해 준 이야기에 귀를 기울여야 했다. 그것을 귀찮고 따분하게 여기는 걸로 보아 애당초 가능성이 없었다.

'오르지 못할 나무는 쳐다보지도 말라.'

이한열은 하나의 속담을 떠올렸다.

노설화의 외침은 그저 공허한 헛소리에 불과했다.

오르지 못할 나무에 오르려 했다가는 결국 떨어지는 비참한 결과로 이어진다.

'싫다.'

이한열은 싫증이 난 노설화와 더 이상 같이 있고 싶지 않았다.

벌컥! 벌컥!

이한열이 오미자차를 단숨에 비워 버렸다.

"일어나시죠. 돌아가서 해야 할 일이 기억났네요."

갑작스러운 이한열의 말에 노설화가 얼빠진 표정을 지었다. 눈을 동그랗게 뜨자 이마에 생긴 주름으로 인해 그녀가 더욱 못생겨 보였다.

이한열의 얼굴을 보고 실수를 깨달은 그녀가 황급히 얼굴 표정을 고쳤다.

"중요한 일인가요?"

"예."

자리에서 일어난 이한열이 강하게 고개를 끄덕였다.

그녀가 이한열을 따라서 일어났다.

"다음에는 언제 만날까요?"

몇 가지 면에서 불쾌한 부분이 있었지만 이한열은 그녀에게 괜찮은 신랑감이었다. 그렇기에 그녀는 이한열과의 만남을 이어 가려고 했다.

"아니요, 다음 만남은 없습니다."

이한열이 딱 잘라서 말했다.

그는 불쾌한 만남을 계속 이어 나갈 생각이 없었다.

"네?"

"차 값은 제가 내겠습니다."

저벅! 저벅!

그가 계단 아래로 내려갔다.

"……."

한 번도 뒤돌아보지 않고 매정하게 사라지는 이한열을 보면서 그녀는 입이 떨어지지 않았다. 갑작스러운 사태에 정신을 차릴 수가 없었다.

털썩!

다리에서 힘이 빠진 그녀가 의자에 주저앉았다.

"왜 저러는 거지? 내가 왜 마음에 들지 않는 거야?"

그녀는 북경에 갓 올라온 촌놈쯤은 쉽게 사로잡을 수 있을 거라고 여겼다. 하지만 실상은 정반대였다. 오히려 그녀가 퇴짜를 맞고야 말았다.

그녀는 자신이 무엇을 잘못했는지 몰랐다.

"이왕에 사귈 여자, 제대로 된 예쁜 여자와 사귀고 싶다."

이한열이 천연루 밖으로 나서면서 중얼거렸다.

그는 외모뿐만 아니라 마음씨까지 아름다운 여자를 원했다.

보는 순간 가슴에 떨림을 줄 정도로 아름다운 여자!

그를 포근하게 포용해 줄 수 있는 넉넉한 마음을 가진 여자!

여자를 바라다보는 이한열의 눈은 높았다.

저벅! 저벅!

이한열은 거리를 걸으면서 다시금 여자들에 대한 감상을 시작했다.

밤이 깊어지고 있는 시간이었는데…….

예쁜 얼굴의 여인들과 몸매가 탐스러운 여인들의 수가 점점 더 많아졌다. 거리에 나온 여인들은 아름다움을 마음껏 뽐냈다.

멋지게 차려입은 여인들을 유심히 바라보는 이한열의 눈빛이 초롱초롱했다.

저벅! 저벅!

숙소로 돌아가는 그의 발걸음이 경쾌했다.

"좋구나."

이한열이 중얼거렸다.

어깨에 무거운 짐도 있었지만 그 묵직한 무게감이 싫지만은 않았다.

가난했던 삶이 지긋지긋했지만 반대로 열심히 공부할 수 있는 원동력을 심어 줬다.

이한열은 어렵고 힘든 주변 환경에 굴복할 만큼 나약한 성격이 아니었다.

오히려 그는 장애물이 있으면 더욱 힘을 냈다.

힘들고 어렵다고 불평해 봐야 오히려 상황만 더욱 나빠질 뿐이었다.

장애물들은 지금까지 이한열을 성장시켜 주는 자양분이 되고는 했다.

북경에 오고 난 뒤, 그는 매 순간 즐기기 위해 노력하고 있었다.

휘이잉! 휘이잉!

바람이 순간적으로 강하게 불어와서 그를 휘어 감았다가 사라졌다.

"어머!"

"어떻게 해!"

여인들의 다급한 소리가 울려 퍼졌다.

돌풍으로 인해 그녀들의 치마가 위로 올라갔다. 하늘거리는 치맛자락이 들리면서 하얗고 뽀얀 여인들의 다리가 모습을 드러냈다.

여자들이 황급히 치마를 아래로 내렸다.

"멋진 밤이야."

짧은 순간이지만 이한열은 여인들의 다리를 마음껏 감상

했다. 그리고 명석한 그의 두뇌는 여인들의 멋진 다리를 각인하듯 선명하게 기억했다.

잘빠진 아름다운 다리를 여유롭게 살핀 그의 가슴이 살랑거렸다.

그는 혈기 왕성한 사나이였다.

第八章

청란루

進士武林

이한열이 황궁 밖으로 빠져나왔다.

그의 오른쪽 턱이 약간 부풀어 올라 있었다.

"아프네."

이한열이 손으로 턱을 부여잡으면서 말했다.

그는 강호빈과의 대결에서 턱을 강하게 얻어맞아 정신을 잃어버렸다. 찬물을 뒤집어쓰고 난 뒤에야 정신을 차릴 수 있었다.

인정사정 보지 않고 날뛴 강호빈으로 인해 말할 때마다 턱이 많이 욱신거렸다.

"아깝네. 잘하면 때릴 수도 있었는데……."

그가 아쉬워했다.

무도의 무 자도 모르던 이한열이 외문무공을 익히기 시작한 이후로 빠르게 성장했다.

그는 저녁에 있었던 대결을 머릿속으로 복기했다. 빠르게 벌어졌던 대결 과정을 하나하나 되짚어 보았다. 공방의 과정을 모두 기억하고 있었기에 가능한 일이었다.

꼬르륵! 꼬르륵!

그의 배에서 요란한 소리가 울렸다.

격하게 몸을 움직였더니 배가 등에 달라붙을 판이었다.

"씹는 건 불편하겠어. 오늘 저녁은 소면을 먹는 편이 좋겠군."

이한열이 결정했다.

가난하던 시절 끼니만 대충 연명하던 그는 북경에 와서 식도락이라는 취미를 가졌다. 퇴궐 이후 북경의 맛좋은 음식들을 찾아서 돌아다녔다.

저벅! 저벅!

그는 주자소에서 일하는 사람에게 전해 들은 소면 잘하는 식당으로 향했다.

휘이잉! 휘이잉!

한 줄기 바람이 청량하게 불었다.

사철 푸른 소나무들이 바람에 흔들리는 소리가 깨끗했

다.

이한열은 소나무 향 가득 피어나는 거리를 따라 걸었다.

파라락! 파라락!

학창의가 바람에 펄럭거렸다.

새로 구입한 하얀색 학창의는 이한열의 몸과 하나가 된 듯 조화로웠다. 호리호리하면서도 탄탄해진 육체를 감싸고 있는 학창의가 무척이나 세련되어 보였다.

깨끗한 대로변을 벗어난 그가 좁은 골목길로 들어섰다. 큰길에 들어서 있는 비싸고 화려한 가게들과 달리 골목길의 상점들은 허름했다.

"역시 북경도 다르지 않군."

이한열이 주변의 상점들을 둘러보면서 중얼거렸다.

잘사는 사람이 있으면 필연적으로 가난한 자들이 있기 마련이다.

골목길에는 낡고 헌 옷차림의 사람들이 많이 돌아다녔다.

"길 하나 차이로 사람들이 바뀌는구나."

황실이 흔들리면서 대륙 정세가 요동치고 있었고, 백성들의 삶이 팍팍해졌다. 이렇다 보니 북경의 뒷골목에도 가난한 사람들이 부쩍 많아졌다.

"여기군."

목적지를 발견한 이한열이 청란루의 주렴을 헤치고 안으로 들어섰다.

식당 건물은 오래됐지만 내부는 깔끔했다.

여섯 명이 앉을 수 있는 나무 탁자 여덟 개가 전부인 식당이었지만 소면이 유명했고, 식당에서 주문할 수 있는 음식 또한 소면이 유일했다.

소면의 면과 국물의 맛이 좋은 데다 가격까지 착했기에 항상 사람들로 붐볐다. 약간 늦었기는 했지만 아직 저녁 시간이었기 때문에 식당 안에는 빈자리가 거의 없었다.

몇 개 보이던 빈자리도 새로 온 손님들로 인해 금방 찼다.

"식사하시게요? 지금 당장 식사하시려면 합석하셔야 해요. 아니시면 탁자 하나가 빌 때까지 기다리셔야 하고요."

앞치마를 두르고 있는 소녀가 다가와서 조심스럽게 말했다.

학창의를 깔끔하게 입고 있는 이한열에게서는 기품이 흘렀다. 황궁에서 관리 생활을 하면서 자연스레 몸에 생긴 기운이었다.

소녀는 높아 보이는 신분의 이한열에게 꾀죄죄한 차림의 사람들과 합석을 권하기가 쉽지 않았다.

"바로 하지."

이한열이 말했다.

항상 붐비는 곳이라고 들었기 때문에 탁자 하나가 비기까지 기다린다면 적지 않은 시간을 기다려야만 할 것이다.

매 순간 땀 흘리며 노력하는 그에게 하찮게 낭비할 시간은 없었다.

'이상하네. 우리 식당에 어울리는 학사님이 아닌 듯 보이는데……'

소녀가 고개를 갸우뚱했다.

구리 동전 열네 개만 있으면 먹을 수 있는 소면은 기품 넘치는 학사에게 어울리지 않았다.

과거에 급제하기 전까지 이한열이 끼니를 때우기 위해 소면을 자주 먹어야만 했다는 사실을 그녀는 몰랐다.

"저기 비었네요. 저쪽으로 가세요."

소녀가 마침 소면을 다 먹고 일어난 빈자리를 손으로 가리켰다.

이한열은 소녀를 따라서 다섯 명이 앉아 있는 탁자로 걸었다.

"잠시만요. 치워 드릴게요."

소녀가 방금 손님이 먹고 일어난 자리에서 그릇을 치우며 말했다.

스윽! 슥!

소녀는 탁자와 의자를 행주로 깨끗하게 닦았다.

"여기 앉으세요."

슥!

이한열은 중간 자리에 앉았다.

양쪽에 앉아 있는 꾀죄죄한 옷차림의 사내들에게서 땀 냄새가 물씬 풍겼다. 하루 종일 땀 흘리면서 일한 것이 분명해 보였다.

"소면 곱빼기!"

얼굴 하나 찌푸리지 않은 이한열이 주문했다.

땀 냄새는 그에게 익숙했다.

주자소에서 일하는 기술자들도 매일 땀으로 목욕을 하고 있었고, 이한열도 무공을 수련하고 강호빈과 대결을 하면서 땀을 철철 흘렸다.

"바로 가져다 드릴게요."

소녀가 말했다.

음식이 소면 하나뿐이기에 주문을 하자마자 빠르게 가져다줄 수 있었다.

주방에 갔다 온 소녀가 탁자 위에 큰 그릇의 소면을 올려놓았다.

"맛있게 드세요."

"양이 많군."

이한열은 소면의 양에 놀랐다.

성인 얼굴 크기만 한 그릇에 소면이 넉넉하게 담겨 있었고, 국물 위에는 잘게 다진 푸른 가루가 퍼져 있었다.

슥!

이한열이 수저로 국물을 떠서 먹었다.

입안 가득 퍼지는 깊고 향긋한 국물의 맛이 은은하면서도 개운했다. 투명한 국물에 담긴 깔끔한 맛이 참으로 매혹적이었다.

슥!

이한열은 재차 수저로 국물을 떠먹었다.

"맛집이군."

그의 입가에 웃음이 피어났다.

허름한 북경의 뒷골목에도 매력적인 소면을 파는 음식점이 있었다. 대로변에서 비싼 가격에 팔아도 어울릴 만한 소면이었다.

이한열이 지금까지 먹어 왔던 소면 국물들 가운데 가장 맛있었다.

슥!

이한열은 수저를 놓고 젓가락을 잡았다.

젓가락에 잡힌 소면의 면발에서 윤기가 자르르 흘렀다. 입안으로 들어와 씹히는 면발의 감촉도 탱탱했다. 마치 입에서 살아 움직이는 것처럼 꿈틀거렸다.

"종종 와야겠어."

그는 이처럼 맛있는 소면을 먹을 수 있다는 사실에 감사했다.

그가 수저와 젓가락을 이용해 면과 국물을 입에 넣었다. 맛을 음미하면서 계속 먹자 그의 배가 점차 포만감으로 부풀어 올랐다.

꿀꺽! 꿀꺽!

목울대가 오르락내리락했다.

소면 가락을 모두 먹어 치운 그가 수저로 남아 있는 국물을 먹기 시작했다. 그릇을 깨끗하게 비울 심산으로 그는 연신 수저를 움직였다.

쾅!

요란하게 부딪치는 소리가 일어났다.

"뭐지?"

갑작스럽게 들려온 소리에 놀란 이한열이 고개를 돌려 그쪽을 바라보았다.

덜컹! 덜컹!

문짝이 앞뒤로 거칠게 흔들리고 있었다.

"오늘도 장사가 잘되는군요. 그런데 제 돈을 갚지 않는 이유가 뭡니까?"

뒷짐을 지고 걸어 들어온 사내, 장음이 능글맞게 입구 계산대에 앉아 있는 중년 부인을 바라보며 말했다. 눈을 반쯤 내리깔면서 이야기하고 있는 그의 양옆으로는 뚱뚱한 사내와 작은 키의 건장한 사내가 짝다리를 짚고서 껄렁하게 서 있었다.

"어째서 제가 돈을 갚아야 하지요?"

중년 부인이 쌀쌀맞게 말했다.

그녀는 청란루를 운영하고 있는 주인, 강서희였다.

"여기에 댁의 남편분이 돈을 빌렸다는 차용증이 있지요. 직접 보세요."

차용증을 본 중년 부인이 불안한 표정을 지었다.

글을 읽지 못하는 그녀는 차용증의 내용을 알지 못했다. 하지만 그녀가 알고 있는 것이 딱 하나 있었다. 붉게 찍혀 있는 손바닥이 바로 남편의 수결이라는 사실을 말이다.

"그건 갚을 필요가 없어요. 도박 빚이잖아요."

"누가 도박 빚이라고 하던가요? 저를 포함한 다섯 명의 사람들이 남편에게 일 년 전에 빌려 준 돈이랍니다. 사업 자금으로 빌려 주는 거라고 여기에 분명하게 적혀 있습니다."

장음이 손가락으로 빌려 준 날과 사업 자금이라는 부분의 글을 가리켰다.

이번 먹잇감인 청란루는 덩치가 컸다.

장음 혼자 꿀꺽하려고 했다가는 잡음이 일어날 수 있었다.

그렇기에 장음은 돈과 권력, 힘을 가진 사람들을 끌어 모았다. 그런 사람 다섯 명이 모였으니 만약 문제가 일어나도 쉽게 해결할 수 있었다.

"남편을 데리고 사기도박을 벌였잖아요."

"하아! 남편이 사기도박을 당한 모양인데, 그건 저와 아무런 상관이 없습니다. 왜 자꾸 도박을 이야기하는지, 저는 이해하지 못하겠군요."

장음이 능글맞게 이야기했다.

부르르! 부르르!

강서희가 몸을 부르르 떨었다.

"저는 절대 당신에게 돈을 주지 않아요."

"그래요? 그래도 상관없습니다."

장음이 담담하게 말했다.

강서희는 순순히 물러나는 장음의 말에 어리둥절한 표정을 지었다.

북경 암흑가에서 흡혈 거머리로 통하는 장음이었다. 그런데 한번 문 먹잇감은 절대 놓지 않는다는 장음이 지금 그녀에게서 돈을 받지 않겠다고 이야기했다.

강서희는 그것에 더욱 불안해졌다.

"여기 땅과 건물이 주인어른 앞으로 되어 있죠? 돈도 갚지 않고 말로 해도 응하지 않으니 저로서도 더 이상 도리가 없네요. 강제로 땅과 건물을 처분해서 제 돈을 받아야겠어요."

장음이 비릿한 웃음을 지으며 여유롭게 말했다.

그는 얼마 전에 청란루의 주인이자 강서희의 남편인 왕불을 상대로 작업을 벌였다. 왕불을 여인으로 유혹한 뒤 도박판으로 끌어들인 것이다.

그리고 사기도박 작업 뒤에 왕불에게서 차용증을 받아냈다.

"말도 안 돼요. 결단코 받아들일 수 없어요. 사기도박을 벌인 당신을 관청에 고발하겠어요!"

강서희가 크게 소리쳤다.

"무슨 소리를 하는지 모르겠군요. 자꾸 이상한 소리를 하는데, 관청에 가서 시시비비를 가리는 일은 저도 찬성입니다."

장음이 말했다.

그는 차용증에 대한 공증도 이미 관청에서 끝마친 뒤였다.

차용증의 날짜와 내용 부분에 대해서는 관청의 관리에게

돈을 찔러 주는 걸로 무마시켰다.

장음의 손에 들린 차용증은 관청의 인증을 받았기에 진정한 권리를 지니고 있었다.

자신만만한 장음을 본 강서희는 일이 잘못됐다는 걸 알아차렸다.

"이 자라 같은 새끼야!"

가게와 땅을 졸지에 빼앗기게 된 강서희가 욕을 하면서 장음에게 달려들었다. 너무나도 억울한 그녀는 손톱을 바짝 치켜세우고 장음의 얼굴을 할퀴려고 했다.

스윽!

오른쪽에 있던 사내가 장음의 앞으로 나서면서 강서희를 그대로 밀어 넘어뜨렸다.

와당탕!

"아악!"

바닥에 거칠게 쓰러진 강서희가 비명을 내질렀다.

"엄마!"

소녀가 울면서 강서희에게 달려갔다.

그녀의 눈에서 눈물이 후드득 떨어져 내렸다.

타타탁! 타타탁!

달려오는 소녀를 짝다리 짚고 있던 또 한 명의 땅딸만 한 사내가 가로막았다.

"비켜!"

"하아! 딸년도 엄마를 닮아서 그런지 참으로 억세군."

한숨을 내쉬면서 사내가 싸늘하게 말했다.

그리고…….

짜악!

찰진 소리가 뾰족하게 울렸다.

"하악!"

소녀가 비명을 내뱉으면서 허공에서 한 바퀴 회전하며 바닥에 쓰러졌다.

"버르장머리 없이 어디서 소리를 지르고 난리냐! 내가 네 친구냐?"

땅딸보가 쓰러진 소녀를 보면서 으르렁거렸다.

"나쁜 놈들아! 내 딸아이 건드리지 마!"

강서희가 발악적으로 외쳤다.

졸지에 가게와 땅을 잃어버리게 된 처지에다 딸아이까지 두들겨 맞는 모습에 그녀는 반쯤 제정신이 아니었다. 미친 듯이 소리치면서 일어나 장음에게 달려들려고 했다.

"이년이 미쳤나! 미친년에게는 매가 약이지."

뚱뚱한 사내가 달려드는 강서희를 주먹으로 때렸다.

퍽!

요란한 소리와 함께 복부를 얻어맞은 강서희가 다시금

넘어졌다.

"악!"

폭력에 무참하게 무너진 그녀가 비명을 내질렀다.

강서희는 엉금엉금 기어서 쓰러져 눈물 흘리고 있는 딸에게 다가가려고 했다. 소녀도 엄마를 향해 기어갔다.

"어디를 가려고 하시나?"

"보내 줘라."

장음이 말했다.

"하아! 좋게 해결하려고 했는데…… 왜 자꾸 문제를 일으키는 겁니까? 돈을 빌려 주고 돈을 받겠다는 것이 잘못인가요?"

장음이 넘어져 있는 강서희와 딸을 바라보며 말했다.

"가게와 땅은 나와 가족의 목숨이나 마찬가지야. 이런 삶의 터전을 빼앗아 가겠다는 거잖아, 나쁜 놈아!"

딸을 품에 안고 강서희가 울부짖었다.

그녀와 소녀의 눈에서 눈물이 주르륵 흘러내렸다.

"뭔가 이상한데……."

"무슨 수작을 부린 것이 분명해."

"나쁜 짓을 일삼는 흡혈 거머리잖아. 틀림없이 농간을 부렸을 거야."

가게에서 소면을 먹고 있던 사람들이 갑작스럽게 벌어진

사태를 보며 수군거렸다.

흡혈 거머리 장음은 북경 서쪽 뒷골목에서 유명했다.

장음에게 걸려서 패가망신한 집들이 한두 집이 아니었다. 심지어 장음의 못된 수작으로 인해 목숨까지 끊은 사람들도 부지기수였다.

"거기! 알지 못하면 함부로 떠들지 마라!"

"주둥이 박살 나기 전에 입 다물어. 알지도 못하면서 어디서 헛소리들이야."

뚱뚱보와 땅딸보가 으르렁거렸다.

그들은 장음의 수하로, 협박과 공갈을 일삼는 데 익숙했다. 말로 해서 듣지 않으면 곧바로 주먹을 날렸고, 삼류 무공을 익힌 자들이었다.

"흠!"

"……."

폭력 앞에서 사람들도 입을 다물었다.

뚱뚱보와 땅딸보는 진짜로 사람을 때리고도 남을 악질들이었다. 그들에게 당해서 밥도 못 먹고 죽만 먹어야 하는 사람들도 있었다.

"삶의 터전이라! 들어 보니 사정이 참 딱하군요. 가게와 땅을 넘기는 대신에 다른 방법도 있어요. 빌린 돈에 대한 이자를 내면 됩니다. 이자를 내면서 돈이 생기는 대로 원금도 상환하세요. 그러면 땅과 가게는 원래대로 당신과 가족들 소유로 남겠죠."

장음이 상냥한 목소리로 말했다.

그는 먹잇감을 완전히 벗겨 먹는 데 익숙했다.

장사 잘되는 청란루는 황금 알을 낳는 거위였다.

이자를 받기 시작하면 이곳은 어차피 그의 소유나 마찬가지가 된다.

'과도한 이자를 내면서 원금까지 갚을 수는 없을 거다.'

장음은 주도면밀했다.

청란루의 하루 매상이 얼마나 되는지 이미 조사를 통해 알고 있었고, 하루 동안 팔아서 버는 이익금에 대해서 이자를 내도록 조치해 놓았다.

'흐흐흐! 최후의 한 방울까지 쪽쪽 빨아먹어 주마.'

흡혈 거머리 장음이 속으로 음흉한 미소를 지었다.

빠직!

이한열의 부리부리한 눈썹이 맞닿으면서 눈이 가늘어졌다.

"썩을······."

눈앞의 광경에 짜증이 나기도 했고, 그의 주위로 하루살이들이 날아다녔다. 폭력을 앞세워 힘없는 사람들을 착취하는 녀석들과 하루살이들이 이한열의 신경을 건드렸다.

"별 거지 같은 것들이 다 신경을 건드리네."

손으로 하루살이들을 쫓아내면서 이한열이 못마땅한 듯 중얼거렸다.

가게에서 소면을 먹고 있던 사람들은 장음을 비롯한 패거리로 인해 입을 꾹 다물었다. 조용한 가운데 이한열의 목소리가 가게에 울렸다.

"하아! 분위기 파악 못 하는 분이 있었군요."

장음이 이한열을 바라보면서 한쪽 입꼬리를 말아 올렸다.

비릿하게 웃은 그 표정은 그가 화가 났다는 뜻이었다.

어렸을 때 진짜 거지로 살아야만 했던 장음의 앞에서 거지라는 말은 쓰면 안 됐다.

"인상아! 저분을 정성껏 대해 드려라."

"형님 기분이 풀리실 때까지 실컷 괴롭히죠."

뚱뚱보가 이한열을 향해 성큼성큼 걸어갔다.

第九章

장음

"거지라고? 너 저렇게 잘 차려입은 거지 봤어?"

뚱뚱보가 이한열을 내려다보며 말했다.

금방이라도 주먹을 날릴 듯한 뚱뚱보를 보면서도 이한열은 여유로웠다.

"거지? 내 주위에 있던 하루살이들에게 한 말인데 신경이 쓰였나 보군. 뭐, 이왕에 왔으니까 말해 줘야겠군. 겉모습은 번드르르하지만 속은 거지 근성을 가지고 있잖아. 그러니까 거지라는 말이 틀리지는 않다고 봐."

이한열이 태연하게 말했다.

"이 새끼가 돌았나 보군."

뚱뚱보는 어이가 없었다.

학창의를 입은 녀석이 자신 앞에서 이처럼 막무가내로 나오는 건 처음이었다.

"거지라는 말에 강하게 반응하는 걸로 볼 때 자신도 거지라고 생각하는 것이겠지."

이한열이 추가적으로 말했다.

사람들이 놀란 눈빛으로 이한열을 바라보았다.

"어쩌려고 저러지?"

"꼬장꼬장한 성격인가 봐."

"큰일이 벌어지겠어."

호리호리한 학사가 뚱뚱보에게 속에 있는 말을 그대로 내뱉고 있으니 사람들이 놀랄 수밖에 없었다. 사람들의 눈길에는 이제 곧 벌어질 참사에 대한 걱정이 가득 담겨 있었다.

아니나 다를까!

"오늘이 바로 네 제삿날이다!"

뚱뚱보가 사납게 소리쳤다.

휘익!

뚱뚱보의 주먹이 이한열의 턱을 노리고 날아왔다. 그의 일격에는 상당히 묵직한 힘이 실려 있었고, 턱에 가격되면 이한열에게 주는 타격이 무척이나 클 것이었다.

'느리다.'

이한열은 쇄도하는 주먹을 보면서도 여유로웠다.

일상생활에서 빈번하게 강호빈과 대결하고 있는 그에게 뚱뚱보의 주먹은 무척 느리고 선명하게 보였다.

소위 힘과 힘의 충돌에서는 강한 사람이 이긴다.

그렇지만 학사인 이한열은 힘과 힘의 충돌을 선호하지 않았다. 애초 육체적으로 연약했고, 힘보다는 머리를 쓰는 걸 선호했다.

그의 눈에 탁자 위에 가지런히 놓인 젓가락이 보였다.

슥!

그는 젓가락을 집어 들고 쇄도하는 주먹과 일직선 상에 놓았다.

젓가락과 주먹이 부딪치기 직전이었다.

휘익!

이한열이 젓가락을 든 손을 가볍게 움직이면서 작게 둥근 원을 그렸다.

젓가락은 여전히 하나의 점에 고정되어 있었다.

힘과 힘의 충돌을 피하기 위해서 펼친 둥근 원의 움직임은 합리적이면서 적절했다.

'주먹과 젓가락의 접점을 축으로 해서 원을 그렸다.'

이한열은 쇄도하는 뚱뚱보의 주먹 속도와 힘을 파악해서

움직였다.

축이 되는 접점을 움직이려고 하면 그곳에 힘과 힘의 충돌이 생기기 때문에 축은 움직이지 않는 것이 가장 중요한 원칙이 된다.

지금처럼 뚱뚱보와 그의 접점이 손과 젓가락이라고 하면, 젓가락은 그대로 놓아두고 그곳을 중심으로 자유롭게 움직이는 손을 움직여 부드럽게 회전을 하는 것이다.

이한열은 기본을 철저하게 지켰다.

이런 원과 회전에 바탕을 둔 움직임은 이한열의 몸에 직접 가해지는 충격을 적게 해주는 것이다.

푸욱!

기묘한 소리와 함께 젓가락이 뚱뚱보의 주먹에 그대로 꽂혔다. 젓가락이 삼분의 일 정도 깊숙하게 주먹에 들어갔다.

"크아악! 내 주먹! 너무 아파!"

뚱뚱보가 주먹을 감싸고 미친 듯이 발광했다. 지독한 고통에 방방 뛰면서 날뛰었다.

퍽!

이한열은 아우성 치고 있는 뚱뚱보의 턱을 가격했다.

강한 충격을 받은 뚱뚱보의 고개가 뒤로 덜커덕 젖혀졌다.

털썩!

눈을 허옇게 뒤집은 뚱뚱보가 그대로 쓰러졌다.

"죽일 놈의 새끼!"

동료인 뚱뚱보가 당하는 모습을 지켜본 땅딸보가 제자리에서 붕 떠 이한열에게 달려들었다. 탁자 두 개를 뛰어넘은 그는 원앙각이라는 각법을 써서 이한열의 머리를 강타하려고 했다.

파파팍!

그의 두 다리가 원앙각의 투로를 따라서 뻗었다.

슥!

이한열은 탁자 위에 남은 젓가락 하나를 마저 들고 앞으로 성큼성큼 걸었다.

"고수를 상대로 허공에 뜨는 건 자살행위이지."

게다가 그는 강호 무림의 기초적인 각법인 원앙각에 대해서 이미 공부해 알고 있었다. 원앙각의 투로가 그의 뇌리에 선명하게 떠올랐다.

스윽!

달려드는 땅딸보에게서 반보 옆으로 걸음을 옮겨 몸의 안전을 확보한 이한열이 손을 부드럽게 휘저었다.

푸욱!

젓가락이 땅딸보의 허벅지에 깊숙하게 박혀 들어갔다.

"케에엑!"

비참한 비명을 내지른 땅딸보가 허공에서 벼락이라도 맞은 것처럼 몸을 부르르 떨었다.

와당탕!

탁자 위에 거칠게 떨어진 그는 소면 국물과 소면 가락을 온몸에 묻혔다. 비스듬히 위에서 아래로 꽂힌 젓가락이 손가락 마디의 끝만 보이고 모조리 땅딸보의 허벅지에 꽂혀 있었다.

데굴데굴! 데굴데굴!

바닥을 이리저리 돌아다니던 땅딸보가 이한열의 발밑까지 다가왔다.

퍽!

이한열의 발이 정확하게 그의 턱을 강타했다.

부르르! 부르르!

땅딸보는 허용 한계치를 넘어서는 충격에 기절해 버렸다.

삽시간에 벌어진 일이었다.

"허억! 학사가 이겼어."

"이럴 수가……."

사람들은 예상과 정반대의 결과에 깜짝 놀랐다.

묵사발이 된 건 호리호리한 이한열이 아니라 건장한 체

격의 뚱뚱보와 땅딸보였다. 주먹과 허벅지에 젓가락을 꽂고 있는 뚱뚱보와 땅딸보의 모습이 참으로 비참했다.

"하아! 뭐하시는 분이시길래 제 일에 참견하시는 건가요?"

장음이 모녀를 놓아두고 이한열에게 다가왔다.

"소면 먹던 사람이지."

"정당하게 돈을 받으러 온 사람에게 이러시면 곤란하죠."

"소면 먹다가 봉변당한 사람은 나야."

"저들을 어떻게 하실 건가요?"

장음이 쓰러져 있는 부하들을 바라보면서 말했다.

"저대로 두면 되겠지."

이한열이 대수롭지 않게 대답했다.

"아니죠. 사람을 때렸으면 그에 맞는 처벌을 받아야 합니다."

"처벌?"

이한열은 어처구니가 없었다.

"돈으로 보상을 하시겠어요, 아니면 관청에 가서 치도곤을 당하시겠어요?"

"관청에 잘 아는 사람들이 있나 보군."

"그건 아니고요, 억울한 일을 당한 사람들에게 공명정대한 분들은 잘 알고 있지요."

"그렇군."

이한열이 고개를 끄덕였다.

잘 알고 있다는 분들은 관청에서 일하면서 장음에게 돈을 받아먹는 자들을 뜻할 것이다. 장음에 의해 관청에 끌려가게 되면 귀찮은 일을 당할 수도 있었다.

이한열이 아니었다면 말이다.

"나도 잘 알고 있는 곳이 있는데⋯⋯."

"호오! 그러세요? 하긴 그런 뒷배가 있으니 이처럼 나왔겠지요. 어디인가요?"

장음이 물었다.

그는 눈앞의 이한열이 어떤 사람인지 무척이나 궁금했다.

어느 곳에서 와서 그의 일을 훼방 놓았는지.

장음의 뒤에도 배경이 있었다.

북경 서쪽의 암흑가를 지배하고 있는 흑사회가 바로 장음의 배경이었다. 장음은 매달 벌고 있는 돈에서 적지 않은 양을 흑사회에 바쳤다.

그러면서 장음 역시 흑사회에게 보호를 받았다.

"엄청나게 큰 곳인데⋯⋯."

"제 배경도 크지요."

"너를 보호해 주는 곳이 어디인데?"

"흑사회라고, 들어 보셨겠지요?"

흑사회라는 이름 앞에서 이한열이 겁을 먹을 거라고 생각한 장음이 자신만만하게 말했다.

그렇지만 그의 예상은 완전히 빗나갔다.

"처음 들어 보는군."

이한열이 말했다.

북경의 암흑가는 그가 사는 세계와 전혀 달랐다.

그렇기에 들어 본 적이 없었다.

지금 장음에게 처음으로 들었다.

"그래요? 당신을 보호해 주는 곳을 알려 주시겠어요?"

속으로는 천불이 났지만 애써 마음을 다스린 장음이 물었다.

"나, 황궁이라는 곳에 몸담고 있지. 진짜로 엄청나게 큰 곳이야."

이한열이 말했다.

"……."

갑자기 등장한 황궁이라는 말에 장음은 아무 말도 하지 못했다. 전혀 예상하지 못한 곳의 등장에 그의 얼굴에서 웃음기가 사라졌다.

아무리 북경의 사대 암흑가 단체 가운데 하나인 흑사회

라고 해도 황궁의 눈치를 봐야만 했다. 아니, 오히려 못된 짓을 하는 암흑가였기에 황궁의 이야기만 나와도 몸을 떨었다.

황궁에서 암흑가 소탕령 이야기라도 나오면 암흑가에 큰 재앙이 떨어지는 셈이었다.

"정말로 황궁에서 나오셨나요?"

"그래."

이한열이 어깨를 으쓱하며 짧게 대답했다.

"잘못했습니다."

재빨리 이한열의 앞까지 걸어온 장음이 잽싸게 허리를 숙였다.

그의 행동은 정말로 빠르고 간결했다.

약자 앞에 강하고, 강자 앞에 약한 전형적인 인간이 바로 장음이었다.

"참으로 약삭빠른 놈이네."

삽시간에 태도를 바꾼 장음의 태도에 이한열은 황당했다.

그때였다.

"죽어라!"

장음이 용수철처럼 튕기면서 이한열의 가슴을 노렸다.

번쩍!

그의 손에는 번뜩거리는 비수가 들려 있었다.

장음은 애당초 황궁에서 나왔다는 이한열의 말을 믿지 않았다. 그럼에도 불구하고 허리를 숙였던 것은 모두 기습을 하기 위한 수단이었다.

갑작스러운 기습에 놀란 이한열의 얼굴이 딱딱하게 굳어졌다.

비수가 그의 눈에 가득 들어왔다.

난생처음 당해 보는 살기 어린 공격에 그의 정신이 충격을 먹었다. 독기로 번뜩거리는 장음의 눈빛이 매서웠다.

스르릉!

정신보다 훈련과 대결을 통해 만들어진 이한열의 몸이 먼저 반응했다. 어떤 공격에도 얻어맞기 싫어하는 이한열의 성격이 큰 도움이 됐다.

탁!

이한열이 뒤로 한 걸음 물러나면서 몸의 안전을 확보하려고 했다. 동시에 그의 오른팔이 허공에 원을 그리면서 쇄도하는 장음의 비수 잡은 손을 노렸다.

스윽!

그의 손이 부드럽게 원을 그렸다.

빡!

장음이 빠르게 뻗은 손의 속도로 인해 타격음이 크게 울렸다. 힘을 역이용하는 이한열의 특성이 여실하게 드러난 순간이었다.

우두둑! 우두둑!

손가락 부러지는 소리가 요란하게 울렸다.

챙그랑!

동시에 장음의 손에 들렸던 비수가 땅바닥으로 떨어졌다.

"크아악!"

장음의 입에서 비명 소리가 요란하게 튀어나왔다.

은밀하면서도 빠른 기습을 펼쳤던 장음이 오른손을 부여잡고 주춤주춤 물러났다.

기민한 육체적 대응으로 죽을 뻔하다 살아난 이한열의 두 눈에서 분노가 솟구쳤다. 방금 전 그의 몸이 제대로 움직이지 않았으면 심장이 꿰뚫릴 뻔했다.

"자라 같은 놈!"

엄청나게 화가 난 이한열이 장음에게 달려들었다.

뻐억! 뻑!

이한열은 손과 발을 이용해서 장음을 구타했다. 지독하게 화가 났기에 상대와의 접점이 원의 중심이 되어야 한다는 점도 잊어버렸다.

팔을 지레와 같이 움직여서 강하게 장음의 얼굴을 때렸

고, 다리를 중심으로 몸을 회전시켜 강하게 만든 힘으로 장음의 허벅지를 가격했다.

뻐억! 뻑!

요란한 구타 소리가 울렸다.

"크아악! 아악!"

장음이 몸을 비틀면서 구타에서 벗어나려고 했지만 무리였다. 이한열은 찰거머리처럼 달라붙으면서 무지막지하게 때렸다.

'하마터면 세상에서 하직할 뻔했다. 내가 얼마나 힘들게 여기까지 왔는데…….'

이한열은 이제 와서야 조금씩이나마 세상의 즐거움을 맛보고 있었다. 한데 그런 즐거운 삶이 하찮은 장음으로 인해 끝나 버릴 뻔했다.

주르륵! 주르륵!

팔이 꺾이고, 다리가 부러지고, 주먹이 부서진 장음의 몸에서 피가 흘러내렸다.

"죽어라."

분노에 휩싸인 이한열이 장음을 계속해서 짓밟았다.

"잔인해!"

"모녀를 괴롭혔던 패거리보다 학사가 더 무서워 보여."

"미친 것 같아."

사람들이 이한열을 보면서 수군거렸다.

피 흘리는 장음을 계속해서 짓밟고 있는 이한열의 모습은 무시무시했다.

"다른 놈은 나를 죽여도 되고, 나는 다른 놈을 죽이면 안 되냐?"

이한열이 수군거리는 사람들에게 소리쳤다.

"……."

"……."

광기 어린 이한열의 눈을 본 사람들이 일제히 입을 닫았다. 혹시라도 자신들에게 불똥이 튈 것을 우려한 것이었다.

"으으으! 흐으윽!"

장음이 벌레처럼 꿈틀거리면서 신음을 흘렸다.

이한열은 여전히 분노 어린 시선으로 장음을 내려다보고 있었다.

반쯤 이성을 잃어버렸지만 그는 장음을 죽일 생각까지는 없었다.

"멈춰라."

"멈추시오."

걸걸한 목소리와 함께 육모방망이와 포승줄을 허리에 찬 포쾌 세 명이 빠르게 달려왔다.

빠악!

이한열이 장음의 코를 강하게 걷어찼다.

"크아악!"

고개가 뒤로 젖혀질 정도로 큰 충격을 받은 장음이 바닥을 데굴데굴 굴렀다. 방금의 일격으로 장음의 코가 완전히 짓뭉개졌다.

"멈추라고 했다. 못 들었나?"

가장 빠르게 달려온 포쾌가 이한열을 향해 사납게 소리쳤다.

"들었다."

이한열이 짧게 대답했다.

그는 분명히 들었지만 포쾌의 말을 들어줄 이유가 없었다.

"모두 네가 벌인 짓이렷다?"

포쾌가 바닥에 쓰러져 있는 세 명을 보면서 으르렁거렸다.

"그렇다."

이한열이 고개를 끄덕였다.

그런데 돌아가는 분위기를 보니 뭔가 느낌이 이상했다.

어느덧 다가온 두 명의 포쾌까지 해서 포쾌들이 그를 삼각형으로 포위하고 있었다.

"폭행범으로 체포한다. 관청으로 가자."

"순순히 잡혀라. 그것이 신상에 이로울 것이다."

"반항하면 죄목만 더 추가된다."

포쾌들이 이한열에게 말했다.

그런 포쾌들을 보면서 이한열이 차갑게 물었다.

"누가 잘못했는지 물어보지도 않나?"

"한눈에 봐도 누가 잘못했는지 알 수 있다."

"이런 잔혹한 짓을 저지르고도 무사할 줄 아느냐? 피 흘리고 있는 사람이 세 명이다."

포쾌들은 이한열을 죄인으로 몰아붙였다.

"난 주자소에서 일하는 종칠품 부정자이자 진사인 이한열이다. 너희들이 무고한 나를 잡아가겠다고? 좋다, 가보자."

이한열이 말했다.

"헉!"

"종칠품 부정자!"

"진사!"

포쾌들의 눈이 커졌다.

그들은 평소 약간의 편의를 봐주면서 장음에게 주기적으로 돈을 상납받았다. 이번에도 이한열에게 두들겨 맞은 장음을 구해 주고 적지 않은 돈을 받으려고 했었다.

"저기, 패를 보여 주실 수 있는지요?"

포쾌 중 한 명이 떨리는 목소리로 부탁했다.

"봐라!"

이한열이 패를 내밀었다.

금색의 패 위에는 종칠품 부정자라는 내용과 전시에 급제한 진사라는 사실이 적혀 있었다.

패는 진품이었다.

요리조리 패를 살펴보던 포쾌의 안색이 썩은 간처럼 바뀌어 버렸다.

"여기 있습니다."

포쾌가 패를 공손하게 내밀면서 머리를 조아렸다.

포쾌들에게 있어 황궁에서 일하는 고급 관리는 염라대왕처럼 무서운 존재였다. 게다가 부정을 저지르려고 하다가 걸렸을 때는 더욱 두려웠다.

이한열이 문제를 삼으면 포쾌들의 자리는 하루아침에 날아갔다.

"관청으로 가자. 내가 무엇을 잘못했는지 들어야겠다."

"죄송합니다. 저희들이 대인을 몰라 뵈었습니다."

"잘못했습니다."

"용서해 주십시오."

한 명의 포쾌가 무릎을 꿇자 다른 두 명의 포쾌도 합류했다.

그들은 이한열에게 용서를 빌었다.

이대로 이한열이 관청으로 가게 된다면 문제가 심각해졌다.

"금의위 위사와 함께 와야 하려나? 구린내가 진동을 하는군."

이한열이 중얼거렸다.

그는 천태웅을 데리고 와서 한번 뒤집어엎어야 하는지 고민했다. 채광석의 일 이후로도 천태웅과는 계속 만나 왔다.

"아이고! 제발 한 번만 봐주십시오."

"대인! 저희들의 목숨을 살려 주십시오."

금의위까지 등장하자 포쾌들의 안색이 하얗게 질려 버렸다.

진사와 달리 금의위는 그들의 비리를 직접 조사할 권한을 가지고 있었다. 포쾌들에게 있어 금의위는 염라대왕보다 무서운 존재였다.

"저놈들은 나의 목숨을 노린 놈들이다. 너희들이 저놈들을 어떻게 처리하는지 지켜보겠다."

이한열이 서늘하게 말했다.

분위기를 잡고 말하는 그에게서 위엄이 흘렀다.

황궁에서 높은 사람들을 지켜보고 생활하면서 저절로 언

게 된 기운이었다.

"걱정하지 마십시오."

"중한 죄를 저지른 나쁜 놈들을 만리장성 너머로 보내 버리겠습니다."

처리를 잘해야 죄를 용서받을 수 있다는 사실을 알게 된 포쾌들이 결의에 찬 음성으로 부르짖었다. 그들의 안색이 조금 전에 비해 밝아졌다.

"이름들이 어떻게 되지?"

이한열이 물었다.

"그것이⋯⋯."

"이름은 왜 물어보시는 겁니까?"

밝아졌던 그들의 안색이 다시금 창백해졌다.

이한열의 말 한마디에 그들의 생사가 달려 있는 것과 진배없었다.

"처리 결과를 들어야 하잖아."

이한열이 말했다.

"왕보라고 합니다."

"사사표입니다."

"상청욱 포쾌입니다."

이한열은 포쾌들의 이름을 기억한 뒤 하루살이를 쫓듯 손을 휘저었다.

"가봐!"

"다음에 뵙겠습니다."

"보중하십시오, 대인!"

"믿어 주십시오. 깔끔하게 처리하겠습니다."

포쾌들이 피 흘리고 있는 세 명을 한 명씩 둘러업고 빠르게 사라졌다.

'이 맛에 땀 흘리며 산다.'

이한열이 전율했다.

설설 기던 포쾌들의 모습과 더불어 방금 전까지 그를 잔혹한 학사로 보던 사람들의 시선이 달라져 있었다.

"들었어? 진사분이래."

"어쩐지, 처음 봤을 때부터 기품이 철철 흐르더군."

"머리도 좋고 몸까지 환상적이군. 아까 움직이는 모습이 눈에 보이지도 않았어."

사람들이 이한열에게 찬사를 쏟아 냈다.

진사와 황궁에서 일하는 부정자라는 사실이 그를 더욱 빛나게 만들어 줬다.

일반인이 주먹을 휘두르면 폭행이지만 진사가 하면 정의 구현이 된다.

참으로 야릇한 세상사였다.

그렇지만 야릇하기에 더욱 재미난 세상이다.

힘이 있고 강한 사람들에게는 즐기고 편안하게 살 수 있는 방법들이 무척이나 많았다.

그렇기에 이한열은 더욱 노력했다.

아직도 그가 올라갈 수 있는 곳은 높고도 멀었다.

저벅! 저벅!

이한열이 걸음을 옮겨 청란루에서 나가려고 했다.

"진사님! 잠시만 기다려 주세요."

강서희가 이한열을 불렀다.

"무슨 일이오?"

이한열이 걸음을 멈추고 강서희를 바라보았다.

"여기 차용증에 있는 것처럼 제가 돈을 갚아야 하나요?"

강서희가 차용증을 들어 보이면서 물었다.

차용증을 건네받은 이한열이 내용을 살펴보았다.

"갚아야겠소. 차용증에는 아무런 문제가 없소."

차용증 내용의 권리 분석을 마친 이한열이 말했다.

장음 문제는 해결할 수 있을지 몰라도 남아 있는 네 명이 문제였다. 그들이 악착같이 돈을 받겠다고 나서면 강서희 입장에서는 어쩔 도리가 없었다.

"아!"

강서희가 절망적인 탄성을 내뱉으며 휘청거렸다.

"엄마!"

소녀가 강서희를 부축하면서 울음 섞인 목소리로 말했다.

"어떻게 방법이 없을까요?"

강서희가 지푸라기라도 잡는 심정으로 물었다.

"편법이 있기는 한데……."

"무엇인가요?"

"가게와 땅의 명의를 판 것처럼 해서 다른 사람으로 바꾸면 되오. 친인척들에게 넘기든지, 믿을 수 있는 사람에게 위장으로 넘기시오. 계약서를 쓰면서 돈이 왔다 갔다고 하는 부분을 정확하게 명시하시오. 그래야 차후에 문제가 발생하지 않소."

고개를 숙인 이한열이 강서희 모녀만이 들을 수 있도록 작게 이야기했다.

명의를 바꾸면 가게와 땅은 다른 사람의 것이 된다.

그렇게 되면 차용증은 아무런 쓸모가 없어진다.

"그런 돈이 저희에게 없는데 어떻게 하지요?"

강서희가 애절한 눈빛으로 이한열을 바라보았다.

그것은 해답을 내놓았으니 마지막까지 해결해 달라는 눈빛이었다.

'이대로 맛있는 소면집이 사라진다면 안타까운 일이지.'

이한열이 결정을 내렸다.

"내 명의를 빌려 주겠소. 하지만 대가가 필요하오."

"당연하죠."

강서희가 고개를 끄덕였다.

그녀는 상인이었다.

받는 게 있으면 주는 것도 당연히 있어야 한다.

"앞으로 매출의 일 할을 나에게 주시오. 대신 그리하면 이곳에 거추장스러운 날파리들이 찾아오지 않게 해주겠소."

이한열이 말했다.

"그렇게 할게요."

이한열의 제안이 그녀에게도 유리하다는 사실을 단번에 인지한 강서희가 환하게 웃으며 답했다.

그녀가 장사를 하면서 암흑가의 사람들에게 뜯기는 돈만 해도 매출의 일 할이 넘었다. 그리고 그들은 수시로 돈을 받으러 찾아와서 소면을 먹은 뒤에 외상만 달아 놓고 가고는 했다.

그녀는 이래저래 많은 돈을 암흑가의 사람들에게 바쳤다.

뒷골목에서 장사하는 상인들에게 암흑가의 사람들은 참으로 흡혈 거머리들이었다.

그런데 차용증 문제를 해결해 준 진사 이한열이 매출의

일 할만을 받고 암흑가 사람들을 처리해 준다니, 그녀 입장
에서는 쌍수를 들고 환영할 일이었다.

돈을 받는 이한열도 좋고, 강서희도 좋았다.

누이 좋고 매부 좋은 일이었다.

"말 나온 김에 바로 계약서를 작성해요."

강서희가 말했다.

이한열을 바라보는 그녀의 입가에 환한 웃음이 걸렸다.

第十章
가상현실

여관숙이 산을 올랐다.

휘이잉! 휘이잉!

산바람이 빠르고 날카롭게 불자 새파란 나뭇잎들
이 우수수 흔들렸다. 파란 하늘에 떠 있는 해에서 뜨거
운 햇볕이 쏟아졌다.

저벅! 저벅!

발걸음을 옮기는 여관숙의 다리가 무거웠다.

오른손에 들고 있는 보자기에서 음식 냄새가 솔솔
풍겼다.

"할머니……."

여관숙의 입에서 처연한 음성이 흘러나왔다.

스승 묵철강괴에게 일 년 동안 기초 수련을 받고 고향 마을로 돌아온 여관숙은 믿을 수 없는 현실에 직면했다.

그사이 할머니가 귀천을 한 것이다.

나무들이 듬성듬성 베어져 있는 곳 옆에 덩그러니 무덤 하나가 놓여 있었다. 흙으로 대충 다듬어져 있는 무덤이 참으로 을씨년스러웠다. 제대로 간수되지 않은 무덤의 한쪽은 산짐승에 의해 파헤쳐지기까지 했다.

"할머니…… 얼마나 많이 외로우셨어요?"

여관숙이 무덤 앞에 털썩 무릎을 꿇었다.

"제가 떠나서는 안 됐던 거예요."

그는 치매에 빠진 할머니를 홀로 두고 묵철강괴를 따라간 것이 잘못됐다고 여겼다.

"할머니가 없으면 저는 어떻게 하라고요."

주르륵! 주르륵!

그의 눈에서 눈물이 흘러내렸다.

세상에 단 한 명뿐인 친인, 할머니의 임종을 지키지 못했다는 사실에 그는 스스로를 자책했다.

할머니가 좋은 기회라면서 등을 떠밀었어도 결코 떠나서는 안 됐다.

할머니는 묵철강괴가 여관숙을 제자로 삼겠다고 하자 단번에 승낙했다. 그리고 떠나지 않으려고 하는 여관숙을 보면서 기회가 왔을 때 잡아야 한다고 설득했다.

여관숙에게 있어 묵철강괴는 하늘로 올라갈 굵고 튼튼한 동아줄이나 마찬가지였다.

묵철강괴는 마을의 촌장에게 돈을 주면서 여관숙의 할머니를 부탁했다.

돈도 돈이지만 마을의 촌장은 감히 묵철강괴의 말을 듣지 않을 수 없었다.

마을을 떠나 혈마교에 입교한 여관숙은 미친 듯이 무공을 수련했다. 그리고 삼 년이 걸릴 거라던 기초적인 무공 수련을 일 년으로 단축하는 업적을 이뤄 냈다.

묵철강괴의 허락을 받고 마을로 돌아온 그는 할머니에게 자랑하려고 했다.

그렇지만 할머니는 더 이상 이 세상 사람이 아니었다.

"배고프시죠? 제가 직접 요리한 음식들이에요."

여관숙이 보자기에 싸서 가지고 온 음식들을 무덤 앞에 내려놓았다.

슥!

그리고 준비해 온 향을 꺼내 들었다.

팟!

오른손 검지를 치켜세운 그가 진기를 끌어올리는 동시에 화염지를 시전했다.

양강지공인 화염지는 혈마교의 지법 가운데 하나였다.

얼마 전까지 여관숙은 화염지를 시전할 정도의 내공을 가지고 있지 못했다. 하지만 기초 수련을 일 년 만에 뛰어난 성적으로 끝마친 그에 혈마교에서 영단을 하사했다.

그 결과 여관숙은 반 갑자에 이르는 내공을 지닐 수 있게 됐다.

화르르!

검지에서 붉은 화염이 일렁거렸다.

"이제 이런 것도 할 수 있어요. 놀랍죠?"

여관숙이 자랑했다.

그는 할머니에게 보여 주기 위해 정말로 미친 듯이 노력했다.

그런데 그가 해낸 것을 봐줄 할머니가 더 이상 세상에 없었다.

휘이이! 휘이이!

향에서 하얀 연기가 피어올랐다.

"할머니가 좋아하는 분주도 가지고 왔어요. 싸구려가 아니고 도회지에서 산 비싼 분주예요."

여관숙이 잔에 분주(汾酒)를 따랐다.

쪼르륵!

분주가 잔에 찰랑찰랑 담겼다.

분주의 알싸하고 청량한 향기가 무덤 주위에 잔잔하게 퍼졌다.

분주를 마시기 위해 금방이라도 할머니가 무덤 속에서 걸어 나올 것만 같았다. 그렇지만 무덤은 여전히 고요하게 제자리에 있을 뿐이다.

"할머니! 절 받으세요."

그가 두 번의 절을 올렸다.

살아 있는 할머니에게 한 번의 절을 올린다면 너무나도 좋았을 텐데…….

여관숙은 분주를 무덤 주위에 뿌렸다.

"뭐가 급해서 그렇게 일찍 가셨어요?"

여관숙이 눈물을 흘리면서 중얼거렸다.

"효도를 하려고 했지만 할머니가 귀천하셨구나."

이한열은 책을 읽으면서 안타까워했다.

여관숙과 할머니의 안타까운 장면을 목격한 그 역시 마음이 울컥했다. 격하게 책에 몰입하고 있는 그의 눈시울이 붉었다.

부르르!

그의 눈썹이 흔들렸다.

"할머니……."

이한열은 이제 고인이 된 할머니를 떠올렸다.

그가 어렸을 때 친할머니는 그를 장손이라고 무척이나 예뻐하며 등에 업고 돌아다녔다. 영특한 이한열을 보고 후에 큰 인물이 될 거라면서 큰 기대를 기울였다.

이한열은 그런 기대에 부응하기 위해 노력했고, 마침내 과거에 급제했다.

하지만…….

할머니는 그의 과거 급제 전인, 향시에 낙방했을 때 돌아가셨다.

할머니 생전에 과거에 급제하지 못한 사실에 이한열은 죄송스러운 마음을 가지고 있었다.

그는 향시에 급제한 뒤 할머니의 무덤 앞에서 펑펑 눈물을 흘렸다.

뚝! 뚝!

할머니를 떠올린 그가 눈물을 뚝뚝 흘렸다.

툭! 툭!

눈물방울이 책 위에 떨어졌다.

검은 글씨가 번졌다.

운명하시기 직전, 아파하면서도 따뜻하게 그를 바라보던 할머니의 눈빛이 잊히지 않았다. 뇌리에 선명하게 각인된 할머니의 사랑을 떠올린 이한열의 가슴이 욱신거렸다.

"다음에 고향에 내려가거든 할머니의 산소를 찾아뵈어야겠구나."

이한열은 하염없이 할머니를 그리워했다.

슥!

눈물을 뚝뚝 흘리고 있었기 때문에 그의 시선은 여전히 흐릿했다.

뚝! 뚝!

눈물방울이 책 위에 그대로 떨어졌다.

눈물로 인해 글씨들이 흐릿해지면서 종이 위로 검게 번져 나갔다.

스르르! 스르르!

종이 위의 공간이 일그러지는 것처럼 꿈틀거렸다.

흔들리던 공간이 이내 원상태로 복구됐다.

"응?"

이한열은 눈에 비친 이상한 광경에 의아함을 느꼈다.

그가 눈물을 훔치면서 흔들리는 광경을 바라보았다.

"착각이었나?"

책을 바라보니 눈물에 글씨가 번져 있기는 하지만 이상한 현상은 없었다.

뜨거운 날씨에 피어오르는 대지 위의 아지랑이처럼 공간이 일그러지던 광경은 더 이상 보이지 않았다.

이한열은 평범한 모습 속에서 이상한 걸 찾으려고 하는 일이 부질없는 일처럼 느껴져 이내 시선을 거뒀다.

그리고 고개를 숙였다.

"어떤 이야기가 펼쳐질까?"

이한열은 계속해서 사갈철왕의 뒷이야기를 읽어 갔다.

여관숙이 무덤 앞에 서 있었다.

휘이잉!

불어오는 바람에 무덤 앞에 자라난 풀이 부질없이 흔들렸다.

하지만 그 흔들림이 여관숙의 가슴 또한 사정없이 뒤흔들었다.

"헤헤헤! 그래도 제가 오니까 기쁘시죠?"

여관숙이 눈물을 흘리면서 말했다.

"어!"

이한열의 입에서 놀라운 탄성이 흘러나왔다.

너무 몰입을 해서 그랬을까?

그는 자신이 무덤 앞에 서 있는 듯한 느낌을 받았다.

그 느낌은 너무나도 생생했다.

"뭐지?"

그가 주변을 둘러보았다.

책상과 서가 등이 그의 눈에 들어왔다.

그는 여전히 실내에서 책을 읽고 있었다.

주변에 바뀐 것은 아무것도 없었다.

"이상한데……. 마치 나 자신이 여관숙이 된 느낌이었어."

이한열은 자신에게 일어난 일을 믿기가 어려웠다.

책을 무수히 많이 읽어 봤고, 몰입하여 삼매경에 빠진 적도 있지만 방금과 같은 생생함은 처음이었다.

그리고 이와 같은 일이 왜 벌어졌는지 그는 이해를 하지 못했다.

"설마……."

이한열은 방금 전에 책 위의 대기가 일렁였던 광경을 떠올렸다.

"착각이 아니었구나."

그가 깨달았다.

더불어 눈앞의 사갈철왕 책이 결코 단순한 물건이 아니란 사실까지 덩달아서 인지했다.

세상의 어느 책이 이와 같은 현실적인 감각을 준다는 말인가!

"가상현실 책이라고도 할 수 있구나."

이한열이 중얼거렸다.

"참으로 실제와도 같은 경험이었어."

몸을 스치고 지나갔던 바람이 너무나도 맑고 깨끗했다.

"대체 너는 어떤 책이냐?"

이한열은 책에 시선을 고정했다.

하지만 책은 그저 책으로만 있을 뿐이었다.

잠시 책을 바라보고 있던 그는 지금의 행동이 부질없는 짓거리처럼 느껴졌다. 눈으로 본다고 해서 책의 비밀을 알 순 없기 때문이다.

슥!

그의 시선이 다시금 책의 글귀를 향해 모아졌다.

그때였다.

책을 바라보고 있는 그의 귓가에 묵직한 음성이 들려왔다.

바로 옆에서 들려오는 듯 선명한 목소리였다.

『할머니를 위해 눈물 흘려 준 단 한 명의 후인이여! 고맙다.』

"헉! 사갈철왕의 목소리구나."

경악한 이한열은 단번에 목소리의 주인을 알아차렸다.

두근! 두근!

이한열의 가슴이 세차게 뛰었다.

책을 통해서 사갈철왕 여관숙의 목소리를 전해 들은 그는 경악을 금치 못했다.

"어떻게 이런 이적이 가능한 것일까?"

책을 바라보고 있는 이한열의 눈동자가 흔들렸다.

책은 여타의 책들과 똑같이 평범했다.

하지만 눈에 보이는 것이 전부가 아니었다.

책의 종이는 혈마교의 심처, 피의 연못인 혈천에서 자라는 흡혈목으로 만들어졌고, 혈천의 물을 사용하여 만든 먹물로 글씨가 쓰였다.

주술과 환술 등이 가미된 책에는 여관숙의 사념이 잔류했다.

의형제인 천애환몽이 할머니를 기리는 여관숙을 위해 힘을 써줬다. 주술과 환술, 기문진법으로 유명한 그가 의형제를 위해 신비한 주술을 책에 펼친 것이다.

이한열은 알지 못했지만 할머니를 위해 눈물 흘려 준 이한열의 등장과 함께, 세상에 남아 있던 사갈철왕의 다른 자서전들이 일제히 타올라 사라졌다.

이제 세상에 존재하는 사갈철왕의 자서전은 오로지 이한열의 눈앞에 있는 것뿐이었다.

"강호는 참으로 신비한 세계로구나."

이한열이 책을 바라보며 중얼거렸다.

외문무공을 익히고, 무공에 대해 공부하면서 색다른 재미를 느꼈다. 그리고 가상현실을 느끼게 만드는 사갈철왕의 자서전을 보면서 신선한 놀라움과 즐거움을 받았다.

짧고 굵었던 사갈철왕 여관숙의 목소리는 더 이상 들려오지 않았다.

두근! 두근!

여전히 진정하지 않고 뛰는 이한열의 심장이었다.

하지만 그건 놀라움을 뛰어넘어 새로운 즐거움을 앞둔 감정의 표현이었다.

이한열은 신비함을 간직하고 있는 책으로 시선을 던졌다.

검은 글씨가 그의 눈에 가득 들어찼다.

"아!"

그의 입에서 탄성이 흘러나왔다.

그는 다시금 책 속의 여관숙의 삶을 제삼자의 시점에서

바라볼 수 있었다.

슥! 스윽!

여관숙이 무덤의 흙을 손으로 봉긋하게 다진 뒤에 파릇파릇한 잔디로 덧씌웠다.

다른 묘에 잘 정리된 잔디를 떼어 온 것이다.

무덤의 잔디를 가져온 것이 아니라 주위에 자라고 있는 걸 퍼왔다. 그리고 한 곳에서 가져오지 않고 여러 곳에서 십시일반으로 모았다.

딱 열 곳의 다른 무덤을 방문한 끝에 할머니의 흙무덤이 새파랗게 변했고, 무덤 주위까지 잔디로 파릇파릇해졌다.

사사삭! 사삭!

열 곳에서 가져왔기 때문에 들쑥날쑥한 잔디를 여관숙이 손으로 베었다. 그의 손이 지나갈 때마다 잔디들이 일정한 높이로 잘려 나갔다.

"이건 수검기라고 하는 거야! 손을 칼처럼 사용할 수 있어. 풀만 베는 것이라고? 아니야."

여관숙이 할머니를 향해 말했다.

슥!

그가 무덤의 위쪽에 위치하고 있는 커다란 바위를

향해 손을 휘둘렀다.

파앗!

그의 손등에서 한 줄기 수검기가 날아올랐다.

서걱!

기묘한 소리와 함께 바위의 한쪽이 싹둑 잘렸다.

서걱! 서걱!

기묘한 소리가 몇 번 더 울리자 순식간에 네모반듯한 돌덩어리가 만들어졌다.

"할머니를 위해 비석을 만들었어."

여관숙이 자랑스럽게 말했다.

그는 무공을 익혔다는 것이 지금 가장 뿌듯했다.

할머니를 위해 직접 해줄 수 있는 일이 있다는 사실만으로도 기뻤다.

그가 비석 위에 손을 올려놓았다.

스스슥! 스스슥!

손가락이 움직일 때마다 비석 위에서 돌가루가 튀었다.

"철파쇄지라고 하는 거야. 외문무공의 하나인데, 이걸 익히기 위해서 많이 고생했어."

그가 비석 위에 할머니의 이름과 살아왔던 나날을 적어 넣었다.

쿵!

그리고 무덤 앞에 비석을 박아 넣었다.

"할머니!"

여관숙이 할머니를 불러 보았다.

휘이잉!

불어온 바람에 그의 머리카락과 옷자락이 펄럭거렸
다.

"기죽지 말고 당당하게 살라고 했지!"

여관숙은 할머니의 가르침을 떠올렸다.

현명한 할머니의 가르침 덕에 묵철강괴의 제자가 될
수 있었다.

"이제 나 강호로 나가. 할머니의 말대로 강호에서
기죽지 않고 당당하게 활보할게. 나를 무시하고 깔보
는 자들이 있으면 주먹으로 때려 줄 거야. 너무 걱정하
지 마. 이제 나도 강해졌으니까."

여관숙이 말했다.

청해성에 자리 잡고 있는 혈마교의 숙원 가운데 하
나가 바로 강호 무림 일통이었다. 그렇기에 혈마교는
항상 강호에 무인들을 내보내면서 음모와 계략을 일삼
았다.

여관숙도 바로 그런 무인들 중 한 명이었다.

"할머니! 다음에 또 올게."

여관숙이 아쉬워했다.

혈마교에 복귀해야 하는 시간은 정해져 있었고, 그는 지금부터 경신법을 발휘해서 달려야지만 빠듯하게 복귀 시간을 맞출 수 있었다.

"너무 외로워하지는 마! 내 마음은 항상 여기에 있을 테니까……."

여관숙이 무덤을 쓰다듬으면서 말했다.

그는 떨어지지 않는 발걸음을 억지로 떼어야만 했다.

홀로 걸어가는 그의 등이 무척이나 왜소해 보였다.

사갈철왕 자서전의 가상현실에서 빠져나온 이한열의 눈빛이 반짝였다. 밤하늘의 별처럼 반짝이고 있는 그의 눈빛에 방금 전에 느꼈던 놀라운 감정이 그대로 실려 있었다.

"수검기와 철파쇄지를 느꼈어."

이한열은 여관숙이 사용했던 무공을 하나하나 체득했다.

단순한 체득으로 그치지 않고 수검기와 철파쇄지를 사용했을 때 여관숙의 몸에 흐르는 진기의 흐름까지 덩달아서 느꼈다.

마치 개울 속으로 바닷물이 통째로 들어오는 듯했다.

그것은 진기가 미천한 이한열이 느끼는 현상이었다.

그런 현상 속에서 이한열은 미처 모르던 이치들을 깨달았다.

진기들이 부드럽게 움직였고, 하늘거리면서 혈도를 지나쳤으며, 근육들이 노도처럼 꿈틀거렸다. 특히 비석에 손가락을 가져다 대며 철파쇄지를 시전했을 때가 제일 환상적이었다.

철파쇄지를 수련할 때 몸에 받아들인 기운이 부드러우면서도 쫀득하게 손가락을 감쌌다. 손가락에 갇혀 있던 기운이 철파쇄지를 운용하면서 찍, 하는 느낌과 함께 밖으로 솟구쳤다.

손가락에 기운을 받아들여 사용하는 철파쇄지의 수법은 참으로 고명했다.

"마치 내가 직접 펼치는 듯했어."

이한열이 자신의 손을 내려다보면서 전율했다.

슥!

그가 수검기를 날렸던 여관숙의 동작을 그대로 따라 했다.

하지만…….

그의 손에서는 수검기가 뿜어지지 않았다.

"역시……."

이한열이 중얼거렸다.

무공은 눈으로 보거나 대결을 통해 직접 몸으로 겪었다고 해서 알 수 있는 대상이 아니었다. 심지어 무공비급을 펼쳐 놓고 세밀하게 살펴보아도 알 수 없는 경우가 있었다.

한평생을 무공에 바쳐도 비밀을 알려 주지 않는 절학들이 강호에는 산적해 있었다.

무공은 눈과 몸으로 느낄 수 있게는 해줘도 내면의 신비스러운 이치를 쉽게 알려 주진 않는다.

땀 흘려 노력하고, 재능이 있고, 연이 닿는 자에게만 비밀을 살포시 알려 준다.

무공은 인식되는 동시에 깨달아야 알 수 있는 공부였다.

"수검기를 펼칠 수 있는 앎이 부족해. 그리고 지금의 적은 진기로는 수검기를 뿜어낼 수 없어."

이한열은 수검기가 나가지 않은 이유를 깨달았다.

수검기를 날릴 수 있는 앎과 진기가 넉넉했다면 그도 여관숙처럼 수검기를 날릴 수 있었으리라!

"외문무공인 철파쇄지는 익힐 수 있어."

이한열이 부르짖었다.

앞부분에 철파쇄지에 대한 수련법이 간략하게나마 적혀 있었다. 철사장과 비슷한 수련법이었는데, 다른 점이 있다면 철파쇄지를 수련하기 위한 재료들이 특별했다.

특별한 재료들을 구할 수 있을지가 걱정일 뿐, 수련하는
건 어렵지 않았다.

"앞부분을 보면 기초 수련법이 있었어. 그걸 직접 가상
현실로 느끼면 참으로 큰 도움이 될 거야."

이한열이 재빨리 책장을 넘겼다.

여관숙의 혈마교 기초 무공 수련 과정이 뇌리에 떠올랐
다.

파라락! 파라락!

책장이 빠르게 넘어갔다.

"여기다."

이한열은 여관숙이 혈마교에서 처음으로 무공을 배우고
있던 부분을 찾아냈다.

그런데…….

그의 정신은 책으로 빨려들지 않고 여전히 현실에 남아
있었다.

"아! 한 번 읽었던 부분에서는 다시 효과가 없는 모양이
구나."

이한열이 아쉬워했다.

여관숙의 기초 무공 수련을 함께하면 지금 익히고 있는
외문무공을 단숨에 끝낼 수도 있을 텐데, 하는 아쉬움이 그
의 마음에 진하게 남았다.

"아직 남아 있는 부분이 많아. 그 안에서도 배울 내용들이 많을 거야."

이한열은 스스로를 다독거렸다.

읽었던 부분보다 읽지 않은 내용이 훨씬 많다는 사실을 그나마 위안으로 삼았다.

第十一章
무아지경

이한열은 의자 위에 꼿꼿이 앉아 있었다.

책을 바라보고 있는 그의 눈은 반개 상태였다.

후웁! 후웁!

삼식 호흡을 넘어 사식 호흡을 하고 있는 그의 코로 청명한 공기가 들어왔다가 빠져나갔다. 가슴이 크게 부풀어 올랐다 다시금 홀쭉해졌다.

스르르! 스르르!

사식 호흡과 함께 단전의 진기가 용솟음쳤다.

삼식 호흡을 할 때와는 다른 강렬함이 사식 호흡에 있었다. 진기가 단전에서 노도처럼 흐르는 가운데 이한열의 마음은 지극히 평안했다.

"⋯⋯."

그는 지금 삼매경에 빠진 구도자였다.

여관숙의 강호 출두와 함께 펼쳐졌던 이야기들이 그의 뇌리에 선명했다. 직접 경험한 듯 느낀 체험들이 하늘을 떠받치는 기둥처럼 굳건했다.

여관숙이 펼쳤던 무공들의 이치가 이한열에게 새로운 지평선을 보여 줬다.

혈마교의 무공들은 패도적이었다.

사이하면서 파괴적인 혈마교의 무공들을 접한 이한열은 그 안에서 혈마교의 독특한 무리를 알아차렸다.

외문무공을 익히는 가운데 정파의 무공들만을 익히던 그는 완전히 이질적인 혈마교의 무공에 눈을 번쩍 떴다.

사이하고 파괴적이라고 해서 모두가 나쁜 것은 아니었다. 그렇기에 유익한 점도 존재했다.

오랜 시간 정도를 걸으면서 꾸준하게 땀을 흘려 성취를 이뤄야 하는 정도의 방법과 달리 혈마교의 사이하고 파괴적인 무공은 빠른 시간에 높은 수준의 성취가 가능했다.

후읍! 후읍!

사식 호흡에 그가 느끼고 깨달았던 혈마교 무공들의 이치가 녹아 있었다.

카아아! 카아아!

단전에 있던 진기들이 노도처럼 들고일어나 혈도와 혈관을 치달렸다. 그 흐름에 패도적인 힘이 철철 넘쳐흘렀다.

부르르! 부르르!

이한열의 몸이 부드럽게 흔들렸다.

'수많은 찌꺼기들이 일시에 씻겨 내려가는 느낌이야.'

이한열은 패도적인 진기의 흐름에 몸을 맡겼다.

혈도와 혈관 등을 비롯한 이한열의 몸속에는 노폐물들이 잔뜩 쌓여 있었다. 세상에 태어날 때는 깨끗했지만 살아가면서 쌓인 노폐물들이었다. 노폐물들은 화석처럼 딱딱하게 굳어 있었다.

콰아아! 콰아아!

노폐물들이 쌓인 길을 진기가 빠르고 강렬하게 내달렸다.

투투툭! 투투툭!

혈도와 혈관에 쌓여 있던 노폐물들이 빠른 흐름에 떨어져 나가 땀구멍으로 빠져나갔다.

비릿한 냄새가 풍겼다.

아직도 이한열의 몸속에는 상당히 많은 노폐물들이 남아 있었다.

깎여 나간 것은 지극히 미미한 양이었다.

하지만 보잘것없는 양의 노폐물들을 없애는 와중에도 이

한열은 지극한 즐거움을 맛봤다.

사식 호흡과 함께하는 혈마교의 패도적인 이치는 정화 기능을 불러왔다.

원래대로라면 훨씬 후에 이런 과정이 일어났겠지만 혈마교의 사이하고 패도적인 이치가 시간을 단축시켰다. 혈마교의 이치는 순천이 아닌 역천을 따랐다.

시간을 단축하는 역천에는 분명히 장점도 있지만 단점도 존재했다.

'순천이면 어떻고, 역천이면 어떠하리! 높이 올라 바라보면 사람 마음만 간사할 뿐인 것을…….'

높은 하늘에 오르면 결국 순천과 역천은 하나로 만나게 된다.

순천과 역천은 하늘이라는 하나에서 나온 형제였다.

언제나 그 자리 그 모습인 자연의 영원함에 비하면 사람의 인생은 너무나 짧고 보잘것없다. 파괴적인 역천에도 자연의 질서와 순리가 담겨 있었다.

역천이 없다면 순천도 존재하지 않는다.

이한열은 순천의 이치를 따르는 사식 호흡과 역천의 이치를 따르는 혈마교의 무론을 적절히 융합시켰다. 기초적인 이치들이었기에 조화롭게 융합시키는 데 있어 큰 문제가 없었다.

그런데 이한열의 이런 융합으로 인해 발생한 현상은 보통 무공의 효과를 뛰어넘었다.

카아아! 카아아!

융합으로 인해 진기가 노도처럼 흘렀다.

이런 와중에 이한열은 무아지경에 빠져들었다.

무아지경은 대자연의 본성, 혹은 인생 자체의 깊은 심연으로 사물을 마주하는 것이다. 어떤 것이 나이고, 무엇이 물인지 모르는 경계였다.

무아지경에서 물아의 구분이 없어지면서 그는 사식 호흡과 혈마교의 무론들을 잊어버렸다. 자신마저 잊어버린 그런 공간에서 그저 그대로 있을 뿐이었다.

의지를 가지고 조절해 주는 이한열의 마음이 잠들 듯 사라지자 진기가 갑자기 생동하여 날뛰었다.

콰아아! 콰아아!

굽이굽이 가파르고 우뚝하면서 험한 천 장 높이 폭포에서 떨어지는 폭포수처럼, 진기가 단전에서 혈관을 따라 흘러내렸다. 그 강렬한 소리가 이한열의 몸을 뒤흔들었다. 생생하게 날뛰는 진기가 거침없이 요동치면서 노폐물들을 쓸어 버렸다.

스르르! 스르륵!

혈관이 확장됐고, 혈도가 더욱 튼튼해졌다.

이한열의 내면에서 작지만 큰 변화가 일어나고 있었다.

육체가 새롭게 태어나고 있다고 할까?

그렇다.

이한열의 육체는 순수해지며 강인해져 갔다.

"……."

반개하고 있는 그의 눈에서 수많이 빛들이 명멸하며 춤 췄다.

이한열의 몸에서 흘러나오는 냄새가 비릿하다 못해 코를 움켜쥐게 만들 정도로 심해졌다. 그러나 그에 반해 이한열 의 만면의 미소는 더욱 강렬해졌다.

심한 냄새는 그만큼 몸속 노폐물들이 땀으로 많이 배출 되었다는 반증이었다.

이한열의 입가 미소가 환해졌다.

무아지경에 빠져 있던 이한열은 육체에서 일어나고 있는 즐거움에 대해 깨달았다.

순간적으로 무아지경이 깨져 나갔다.

순백의 세계에서 이한열의 정신이 튕겨졌다.

무아지경이 깨지면서 이한열의 입가에 달린 미소 역시 씁쓸하게 바뀌었다. 방금 전까지 느꼈던 열락의 느낌이 빠 른 속도로 몸에서 사라져 갔다.

충만했던 열락이 사라지는 과정 속에 이한열은 묵묵히

서 있었다.

화무십일홍이라!

무아지경이 깨지면서 그의 기연도 모두 끝났다.

그의 의지와 상관없이 다가왔던 기연과 무아지경이었다.

'또 경험할 수 있을 테지.'

이한열이 차후를 기약했다.

방금 그가 접했던 기연은 강호 무림인이라면 누구나가 원하는 순간이었다.

고수들에게는 무아지경과 깨달음이 영약보다 더욱 소중했다.

물론 하수들에게는 진기를 늘려 주는 영약이 무아지경보다 더욱 좋을 수 있었다. 막대한 진기로 깨달음을 지닌 고수를 억누를 수 있기 때문이다.

이한열은 비유하자면 육체적으로 하수이면서 정신적으로 일류가 된 다소 어정쩡한 신세였다.

여관숙이 일류의 수준이었기 때문이다.

어정쩡하지만 이한열로선 쌍수를 들고 환영할 일이었다.

이 상태로 그가 땀 흘려 노력하면 빠르게 일류의 수준에 올라설 수 있었다.

스르륵!

반개하고 있던 이한열의 눈이 떠졌다.

황금빛 햇빛이 열린 창문을 통해 들어왔다.

평소와 다름없는 실내의 광경이 아름다웠다.

슥!

이한열이 의자에서 일어났다.

하룻밤을 꼬박 지새웠지만 그의 몸은 깃털처럼 가벼웠다.

단전에 쌓인 진기들이 묵직했다.

단 한 번의 운기만으로도 종전에 비해 확실히 진기가 늘어났다. 운기도 효과적이었지만 전에 복용했을 때 몸으로 퍼졌던 산삼의 기운이 단전으로 모인 것이다.

그로 인해 단전의 진기는 종전에 비해 삼 할가량 늘어났다.

사식 호흡을 할 때마다 진기들이 단전에서 혈도와 혈관을 타고 흘렀다. 완만하게 흐르다가도 노도처럼 솟구치는 진기들의 흐름이 계속됐다. 시원하면서도 쾌적한 기운이 온몸으로 퍼졌다.

회음혈 위의 단전에 서린 순수한 진기가 꿈틀거렸다. 그 충만한 접촉에 이한열은 환희로 가득한 기운을 느꼈다.

몸 전체에 활력이 맴돌았다.

삼식 호흡에서 사식 호흡으로 한 단계 올라섰다는 뿌듯함도 있었고, 단전의 진기가 많아진 사실에도 크게 만족했다.

휘이잉! 휘이잉!

서늘하고 시원한 바람이 감미롭게 불어왔다.

파라락! 파라락!

이한열의 옷자락과 머리카락이 흩날렸다.

"헉!"

이한열은 순간 비릿한 썩은 냄새에 깜짝 놀랐다.

"내 몸에서 나잖아."

그는 냄새의 진원지가 자신이라는 사실을 깨달았다. 하얗던 옷이 군데군데 검은 얼룩들로 더럽혀져 있었고, 옷에서 심한 냄새가 났다.

그는 급히 목욕을 하기 위해 움직였다.

깨끗하게 씻는 걸 좋아하는 그를 위해 매일 아침마다 일꾼들이 물을 길어다 목간통에 채워 주었다. 매일 씻는 이한열 때문에 일꾼들이 고생이었다.

오늘도 목간에는 깨끗한 물이 가득 채워져 있었다.

스르륵! 스르륵!

옷이 바닥에 떨어졌다.

알몸이 된 이한열의 몸에 근육이 제법 붙어 있었다. 호리호리한 가운데 근육이 붙은 그의 몸은 한결 나아 보였다. 적당하게 만들어진 팔 근육이 섬세한 듯 아름다웠고, 배에는 살짝 임금 왕 자가 보이려고 했다.

찰박!

목간통에 다리를 먼저 집어넣은 이한열은 이내 목 아래 부위를 모두 물에 담갔다.

시원한 물의 기운이 그의 몸을 감쌌다.

이한열이 손으로 몸의 구석구석을 밀었다.

뽀드득! 뽀드득!

손이 몸에 달라붙어 있는 노폐물들을 깔끔하게 제거해 나갔다.

"몸속 노폐물들이 밖으로 빠져나왔구나. 이런 증상은 연금종주 삼 단계인 환골탈태에서 벌어지는 일인데……."

이한열은 끈적끈적하게 달라붙어 있던 이물질들이 사라지는 느낌을 생생하게 받았다.

그는 열심히 심한 냄새가 나는 노폐물들을 없앴다.

"사갈철왕 책을 보면서 깨달은 혈마교 무공들에 담긴 무론들 때문일까?"

심증은 있지만 확신을 가지지는 못했다.

새로운 걸 배워서 몸에 적응시켜야 한다는 사실에 호기심과 함께 약간의 두려움도 있었다. 알지 못한 채로 받아들이고 적용시켰다는 사실이 공부하며 납득하고서야 넘어갔던 학사의 삶과 정면으로 대치됐다.

몰이해한 방식은 감각적이라 들쭉날쭉할 수밖에 없었다.

이한열은 그것이 싫었다.

학사인 그는 자신이 이해할 때까지 공부하여 자연스럽게 적응하는 걸 선호했다.

"사마외도의 무공들에 대해서 알아봐야겠구나."

이한열이 배워야 할 부분을 추가했다.

또다시 새로운 걸 배워야 한다는 사실에 벌써부터 가슴이 뛰었다. 접해 보지 못했던 걸 알아 가는 길이 무척이나 설레었다. 사마외도라고 남들이 외면하는 무공들에 대한 두려움도 없었다.

"몸의 변화에도 신경을 써야겠어."

이한열이 중얼거렸다.

책을 접하게 되면서 그가 알아야 할 점들이 부쩍 많아졌다. 급작스럽게 생긴 변화에 발을 맞추기 위해선 땀을 많이 흘려야만 했다.

낯설게 느껴지는 것이 한두 가지가 아니었다.

"의술에 대한 공부를 시작해야겠다."

그는 의술을 배우려고 마음먹었지만 그 시기는 뒤로 미뤄져 있었다.

하지만 하룻밤에 눈부시게 발전을 한 육체의 변화로 인해 시기가 앞당겨졌다.

몸을 닦으면서 이한열은 앞으로 할 일을 하나하나 챙겼다.

그러는 사이에 목욕이 끝났다.

찰박! 찰박!

이한열이 목간통 밖으로 나왔다.

개운한 느낌을 받으면서 그가 수건으로 몸의 물기를 닦아 냈다.

휘이잉! 휘이잉!

때마침 불어온 바람이 참으로 시원했다.

방에 들어와서 관복으로 갈아입은 이한열의 몸에서는 더이상 지독한 냄새가 나지 않았다.

"정말로 대단한 책이다."

이한열이 책상 위에 펼쳐져 있는 사갈철왕 책을 바라보았다.

"별천지를 보게 해줘서 고맙다."

그가 경건한 자세로 책을 바라보며 고개를 숙였다.

책은 그에게 진귀하고 환상적인 체험과 가르침을 선사해 줬다. 즐거움으로 가득 넘친 그 가르침의 여운이 아직도 그의 몸에서 퍼져 나갔다.

그리고 그런 체험은 끝이 아니었다.

읽어야 할 책의 내용이 아직 상당히 많이 남아 있었다.

턱!

이한열이 조심스러운 손길로 펼쳐진 책을 다시금 덮었다.

그때였다.

문틈으로 여인의 목소리가 들려왔다.

"대인! 아침 식사가 준비되었어요."

별채의 문 앞에 선 여진옥이 말했다.

'무슨 일이라도 생겼나?'

그녀가 의아해했다.

새벽 일찍 일어나서 수련을 한 뒤엔 꼬박꼬박 빠짐없이 아침 식사를 하던 이한열이었다. 이한열은 일어나서 하는 일의 시간을 지키는 데 있어 한 치의 차질도 없었다.

그런데 별채에 딸린 정원에서 항상 훈련을 하던 이한열이 오늘은 보이지 않았다. 그리고 식사 시간이 되어도 식당으로 오지를 않았다.

식사 시중을 들기 위해 이한열을 기다리고 있던 그녀는 결국 별채까지 종종걸음으로 달려왔다.

"식사는 됐다."

책에 빠져 있느라 시간 가는 줄 몰랐던 이한열이 답했다.

등청을 하기까지 시간이 얼마 남아 있지 않았다.

주자소를 실질적으로 책임지고 있었기에 늦게 가도 괜찮았지만 이한열은 시간적인 부분에서 누구보다 철저했다.

불쑥!

여진옥이 입술을 삐죽였다.

'기껏 생각해서 왔는데 문도 열어 주지 않네.'

그녀는 이한열에게 연정을 품고 있었다.

저택에서 가장 아름답고 젊은 그녀가 별채의 이한열을 시중들고 있었다.

그녀는 정성껏 이한열의 식사 시중을 들고, 신경 써서 그의 옷가지를 빨았으며, 이한열이 머무는 숙소를 항상 깨끗하게 청소했다.

이한열에 관련된 일이라면 남다른 노력을 기울였다.

"차라도 가져다 드릴까요?"

여진옥이 물었다.

그녀는 이한열에게 끈질기게 들이댔다.

이한열의 마음을 얻어서 첩의 자리라도 얻게 된다면?

그녀에게 있어 광명이 비치는 것과 진배없었다.

그녀는 진사의 첩 자리를 노리고 있었다.

스윽!

문이 열렸다.

관복을 입은 이한열이 나오면서 말했다.

"괜찮다. 가서 일 봐라."

여진옥의 계속된 집적거림을 당하고 있는 그가 쌀쌀맞게 응대했다.

"네, 대인. 등청하세요."

여진옥이 서둘러 자리를 떠났다.

'쯧쯧쯧! 오르지 못할 나무는 쳐다보지 말아야지.'

이한열이 속으로 혀를 찼다.

그는 여진옥에게 어떠한 마음도 가지고 있지 않았다.

단순한 사내의 욕정으로라도 여진옥을 품을 생각은 눈곱만치도 없었다. 괜히 건드려서 문제를 일으켜 봐야 손해였기 때문이다.

북경에 여자는 많고, 아름다운 여자들도 부지기수였다.

그런 판국에 탁둔원의 집에서 일을 돕고 있는 낮은 신분의 그저 그렇게 생긴 여자에게 눈길을 줄 필요성은 전혀 느끼지 못했다.

"시비를 바꿔 달라고 해야겠군."

그는 퇴궐하고 돌아오면서 탁둔원에게 부탁을 할 생각이었다.

부탁의 형식을 띠고 있지만 그것은 거의 지시나 다름이 없었다.

슥!

이한열이 의관을 단정하게 했다.

저벅! 저벅!

그가 힘차게 발을 내디뎠다.

第十二章
성적 향상

타탁탁! 타탁!

타탁! 타타탁!

달도 뜨지 않은 칠흑같이 어두운 밤에 탁탑천은 오늘도 어김없이 뛰고 있었다. 사십 바퀴를 넘게 뛰고 있는 그의 입에서 거친 숨소리가 튀어나왔다.

"허억! 헉!"

땀으로 흠뻑 목욕을 하고 있는 그의 다리가 후들거렸다.

금방이라도 쓰러질 것 같은 그의 옆에서 이한열이 매정하게 소리쳤다.

"똑바로 뛰어!"

탁탑천과 함께 뛰고 있는 이한열은 숨소리도 흐트러지지 않았다.

처음과 똑같이 부드럽게 숨을 쉬고 있었다.

공부는 하나도 가르치지 않고 달리기만 시키는 이한열의 방식에 탁탑천은 치를 떨었다. 아버지 탁둔원에게 제발 달리기를 그만할 수 있게 해달라고 부탁까지 했다.

탁둔원이 이한열을 찾아와서 책을 가지고 공부할 수 있게 해달라고 넌지시 청했다. 하지만 이한열은 약속 위반이라고 말한 뒤 곧바로 가르침을 그만두고 별채에서 나가겠다고 발끈했다.

"체력 단련을 해야 공부를 잘할 수 있는 법이오. 공부도 체력 싸움이오. 과거장에 가본 적 있소? 전시를 치르는 날이 무려 구 일씩이나 되오. 그리고 밤늦게까지 공부를 하기 위해서는 체력이 뒷받침되어야 하오."

이한열이 일갈했다.

단순히 머리만 좋다고 해서 끝이 아니었다.

머리 좋은 사람들이 치열하게 싸우는 곳이 바로 과거장이었다. 그런 과거에서 버티려면 다른 머리 좋은 사람들보다 더욱 열심히 공부해야 했다.

오랫동안 책상 앞에 앉아 있어야 과거에 급제할 확

률이 올라간다.

"실수했소."

탁둔원이 잘못을 사죄하고 곧바로 물러났다.

"그뿐이 아니오. 탑천이는 자신이 왜 공부해야 하는
지를 깨닫지 못하고 있소. 시켜서 하는 공부는 능률이
좋지 않은 법이외다. 직접 공부를 할 마음을 가지게 만
들어 줘야 하는 법이오."

이한열이 말했다.

공부에는 체력을 바탕으로 한 집중력과 끈기가 필요
했다.

무엇보다 체력 단련은 의지가 부족하고 부모에 의
존하는 나약한 심리의 탁탑천에게 효과적이었다. 힘든
체력 단련이 끝나면 탁탑천이 얻게 되는 것 또한 많을
것이다.

어려운 일을 할 때는 힘들지만 끝나고 나면 만족도
가 높았다.

그건 흘린 땀의 가치가 그만큼 소중하기 때문이다.

"이제부터 탑천이를 죽이든 살리든 마음대로 하시
오."

이한열에게 감복한 탁둔원이 탁탑천에 대한 모든 걸
내맡겼다.

그 뒤로 탁탑천은 꼼짝하지 못하고 오 일마다 이한열의 앞에서 달리기를 해야 했다. 그뿐이 아니었다. 가르칠 때뿐만 아니라 매일 아침저녁으로 달리기를 하라고 지시했다.

　탁탑천은 매일 달려야만 했고, 오 일마다 한 번 이한열과 함께 뛰는 달리기에서는 지옥을 맛봐야 했다.

　"선생님! 발에 잡힌 물집이 너무 아파요. 제발 쉬게 해주세요."

　탁탑천이 애걸복걸했다.

　달리기를 지독하게 하다 보니 탁탑천의 발가락에 물집이 잡혔고, 무릎이 퉁퉁 부었다. 부들부들 떨리는 다리가 제대로 말을 듣지 않았다.

　주르륵! 주르륵!

　금방이라도 넘어질 것 같은 탁탑천의 머리에서 땀이 줄줄 흘러내렸다.

　"더 달려! 물집은 달리다 보면 터진다. 터진 뒤에 말려!"

　"무릎도 아파요."

　"무릎 아프다고 해서 죽지 않아!"

　"쓰러질 것 같아요."

　"쓰러져! 그리고 쓰러진 다음에 오뚝이처럼 다시 일어나서 뛰어! 칠전팔기의 정신으로 뛰고 또 뛰어라!"

이한열이 사정없이 탁탑천을 몰아붙였다.

"흐윽!"

탁탑천의 두 눈에서 땀인지 눈물인지 모를 액체가 흘러
내렸다.

"선생님 미워!"

탁탑천은 일말의 자비심도 없는 이한열이 너무 야속했
다.

탁탑천의 칭얼거리는 반항에 이한열의 눈썹이 위로 올라
갔다. 부리부리한 두 눈에서 노기가 찐득찐득하게 흘러나
왔다.

"아직 힘이 넘치는 모양이구나. 열 바퀴 추가다."

이한열이 정원 달리기 오십 바퀴에서 열 바퀴를 더 보탰
다.

"흐어엉!"

탁탑천이 흐느끼면서 울기 시작했다.

아픈 다리를 질질 끌면서 달리는 그의 모습이 참으로 안
쓰러웠다.

그런 탁탑천을 보면서 이한열은 걱정이 앞섰다.

"말 한마디로 천 냥 빚을 갚는다고 했다. 어디 가서 함부
로 말하지 마라."

이한열이 자상하게 알려 줬다.

웅변은 은이고, 침묵은 금이라고 했다.

심지어 말 한마디 잘못했다가 구족이 몰살을 당하기도 한다.

철부지 어린아이라고 함부로 말을 해서는 곤란했다.

"흐흑! 흑!"

탁탑천이 어깨를 들썩거리면서 울었다.

그의 눈에 환하게 웃으면서 말하는 이한열이 마치 악귀처럼 보였다.

'이럴 줄 알았으면 열심히 공부할걸. 시험 성적이 좋았으면 아빠가 개인 학사를 붙여 주지도 않았을 텐데……'

어두운 정원에서 달리기를 하고 있는 탁탑천은 나태했던 지난날을 후회했다.

사혁서당!

전시에 합격하여 관직 생활을 하다가 물러난 사혁이라는 인물이 연 서당이다. 사혁은 학식이 풍부하고, 북경의 천림서원과 연관되어 있다.

사혁서당에서 실력을 인정받은 학생들은 장차 북경에서 세 손가락 안에 들어가는 서원인 천림서원에 입원할 수 있었다. 사혁서당을 통해 천림서원에 입원한 학생들이 한둘이 아니었다. 아예 천림서원에 들어가기 전 단계로 사혁서당에 다니는 아이들도 있었다.

사혁서당의 가르침은 체계적이고 효과적이다. 그렇기 때문에 사혁서당에 아이들을 보낸 부모들은 만족도가 매우 높았다. 사혁서당의 훌륭함은 학생과 학부모들 사이에 정평이 나 있어, 입당하기 위해서는 엄청난 경쟁률을 뚫어야만 했다.

이런 이유로 사혁서당의 월사금은 무척이나 높았다. 사혁서당에 다니는 학생들은 소위 명문가의 자제들이나 소문난 부잣집 아이들이었다. 사혁서당은 보통의 서당과는 근본적으로 달랐다.

한마디로 사혁서당은 좋은 집안의 잘난 아이들만 다닐 수 있었다. 사혁은 그렇게 모인 우수한 아이들에게 훌륭한 가르침을 안겨 줬다.

사혁서당을 다니고 과거 전시에 급제한 아이들 또한 적지 않았다. 한 개 도독부의 군을 총괄하는 정일품 도독의 지위에까지 오른 학생도 있었다.

"장자는 이른바 소요유(逍遙游)라는 유를 통하여 초월을 말하고자 하였다. 그런데 유의 경지는 잊어버린 초심과 잃어버린 도를 회복함으로써 다다를 수 있다. 소요유의 경지에 이르기 위해서는 심재(心齋)와 좌망(坐忘)이라는 과정을 통해야만 한다."

새하얀 백발의 사혁이 아이들을 가르치고 있었다.

앉은뱅이책상을 앞에 두고 있는 아이들이 사혁의 가르침에 귀를 기울였다.

그런 아이들 틈에 탁탑천이 보였다.

탁탑천은 사혁의 가르침을 경청했다.

평소 산만하던 그의 학업 태도와 전혀 다른 모습이었다.

무섭게 집중하는 그의 두 눈에서 뜨거운 열기가 흘렀다.

나태했던 지난날을 반성한 탁탑천은 성실하게 수업에 임했다.

달리기로 녹초가 되었지만 지난밤 삼경까지 불을 켜고 공부했다. 시험을 앞두고도 삼경까지 공부한 적은 없었다. 난생처음으로 오늘 배울 장자의 소요유에 대해서 예습도 했다.

"심재란 무엇이냐?"

말끝을 올린 사혁이 아이들을 둘러보았다.

그는 일방적인 강론만 하지 않고 질문을 통해 수업을 이어 나갔다.

아이들이 사혁과 시선을 마주쳤다.

그중 자신 없는 몇몇 아이들이 고개를 푹 숙였다.

그런 아이들은 사혁의 질문을 받지 않기 위해 더욱 몸을 움츠렸다.

사혁이 고개 숙인 아이들을 보면서 언짢은 표정을 지었다.

'노력하여 공부하지 않는 것이 잘못일 뿐, 모른다는 건 죄가 아니다. 노력하지 않으려면 서당에 오지 않으면 될 것을……'

사혁은 다음 달에 고개 숙였던 아이들을 집으로 돌려보내야겠다고 마음먹었다.

그는 노력하는 아이들만 가르치기에도 벅찼다.

'저 녀석은?'

사혁의 시선이 고개를 빳빳이 들고 있는 탁탑천에게서 멈췄다.

평소 그의 질문을 받지 않으려고 용쓰던 탁탑천이었다.

그런데 뜨거운 눈을 하고 있는 탁탑천이 사혁의 눈길을 피하지 않고 고스란히 받아 내고 있었다.

"탁탑천!"

"네! 스승님."

"심재가 무엇인지 말해 봐라."

"심재란 모든 사려와 의식을 배제하고 허정한 상태에 들어섬을 말합니다."

"호오! 좌망이 무엇인지도 아느냐?"

"시비의 차별과 도덕적 공리를 떨쳐 버림으로써 도와 하나가 되는 경지에 이르는 것이라고 알고 있습니다."

"왜 심재와 좌망에 들어서려 노력해야 하는 것이지?"

"문명과 제도의 속박으로부터 벗어나 도의 경지에서 노닒으로써 자기의 본성을 회복하고자 함입니다."

탁탑천이 똑 소리 나게 답했다.

'변했구나.'

사혁이 탁탑천을 대견한 눈초리로 바라보았다.

평소의 나태했던 태도를 버리고 집중하고 있는 탁탑천의 모습이 참으로 보기 좋았다.

학문에 대한 자세가 바뀐 탁탑천을 바라보는 사혁은 유쾌했다.

"제대로 이야기했다. 더 이상 추가로 설명할 필요가 없을 정도이구나."

"감사합니다."

"앞으로도 노력하거라."

"그리하겠습니다."

탁탑천의 음성에 강한 의지가 실렸다.

탁탑천은 최선의 노력을 다해서 공부할 생각이었다.

그것이 악귀와도 같은 이한열에게서 벗어날 수 있는 유일한 방법이었기에…….

다른 건 몰라도 그는 공부해야 할 절실한 이유를 찾았다.

어찌 됐든 그는 공부할 자세가 됐다.

'이대로 계속 악귀에게 붙잡혀 있다가는 피골이 상접해서 죽을 거야.'

이한열에게서 달아나기 위한 탁탑천의 노력이 참으로 눈물겨웠다.

"스승님! 도가의 자유로움과 유가의 자유로움은 뭐가 다른 것입니까?"

탁탑천이 질문했다.

그가 눈에 불을 켜고 사혁의 가르침을 청했다.

예습했던 내용 가운데 한 시진을 넘게 끙끙대었지만 명확한 차이를 알지 못했다.

그렇기에 사혁에게 질문한 것이다.

그것은 서당에 온 이후 탁탑천이 처음으로 한 질문이었다.

"도가의 자유로움을 유라고 표현한다면 유가의 자유는 낙이라 말할 수 있다. 유는 떠나고 잊는 데서 맛보는 무위자연의 즐거움이지만, 낙은 되돌아옴을 전제한 벗어남이기에 느낄 수 있는 안빈낙도의 즐거움이다."

사혁이 신명나게 설명했다.

그의 설명은 유가와 도가의 정신을 크게 함축해 놓은 것이었다.

"소요유는 개체가 강조된 것이고, 안빈낙도는 나를 넘어 남과 사회를 강조한 것으로 보아도 무방합니까?"

"옳다. 그렇기에 도가가 산으로 들어간 것이고, 유가가 황실로 흘러들어 간 것이다."

사혁이 말했다.

산으로 들어간 도가는 무위자연을 숭상하는 신앙과 무공으로 바뀌었고, 황실로 들어간 유가는 제도와 질서를 지키는 근간이 됐다.

도가와 유가의 변화에 대해서 설명하려면 며칠 밤낮을 꼬박 지새워도 부족했다.

"저 녀석이 무슨 일이지?"

"공부 좀 했나 봐."

"반짝하다가 끝나겠지."

아이들이 갑작스럽게 바뀐 탁탑천을 보면서 수군거렸다.

"아는 자는 좋아하는 자만 못하고, 좋아하는 자는 즐기는 자만 못하다. 너희도 탑천이처럼 공부를 싫어하지 말고 좋아하며 즐겨야 할 것이다."

사혁이 수군거리는 아이들을 보면서 한마디 했다.

사혁은 탁탑천이 왜 미친 듯이 공부를 하는지 크게 오해하고 있었다.

탁!

사혁이 탁자 위에 두툼한 종이를 올려놓으며 말했다.

"어제 너희들이 시험 보았던 답지다. 이번에도 마찬가지로 순위를 매겼고, 일 등부터 나눠 주겠다."

그는 아이들이 과거 시험에 익숙해지도록 답지에 순위를 매겼다. 철저한 상대평가로 아이들의 성적 서열을 알려 줬다.

"손소미!"

"네."

여아 한 명이 자리에서 벌떡 일어나 답지를 받으러 나갔다.

일 등을 한 그녀의 발걸음은 무척이나 당당했다.

"축하한다."

"고마워요, 스승님!"

"심사표!"

"네."

두 번째로 일어선 심사표가 걸어 나갔다.

이 등을 하고도 그의 얼굴은 좋지 않았다.

이번에도 일 등을 손소미에게 빼앗겼기 때문이다.

"좋은 답이었다. 답에 인과 성을 바탕으로 한 정신적인 즐거움을 더한다면 더욱 좋은 내용이 되었을 것이다."

"노력하겠습니다."

심사표가 고개를 숙였다.

그는 너무 딱딱하고 고지식한 점이 문제였다.

문제를 고칠 수 있도록 사혁이 조언했다.

사혁은 계속해서 아이들의 이름을 불렀고, 아이들이 답지를 받으러 나갔다.

그리고 열한 번째 아이를 호명할 차례였다.

"탁탑천!"

"네……."

놀란 탁탑천이 입을 크게 벌리면서 말꼬리를 흐렸다.

그는 열심히 공부를 했지만 십일 등을 했다는 사실이 도무지 믿기지 않았다.

이번 시험을 보면서 공부에 부쩍 많은 시간을 투자했다. 책을 씹어 먹을 것처럼 파고들었다. 머리털 나고 이처럼 집중력을 가지고 공부를 한 적은 단 한 번도 없었다.

공부하는 내내 전혀 힘들지 않았다.

죽어라고 하니까 공부가 재미있게 느껴졌다.

정작 힘들고 지겨운 것은 따로 있었다.

근래 탁탑천은 달리기 외에 마보라는 것도 함께 수련했다.

마보를 수련하는 내내 그의 팔과 다리는 사시나무 떨리

듯 흔들렸다.

일각의 수련 시간 동안 그는 지옥을 맛보았다.

지옥에서 벗어나기 위해 탁탑천은 정말로 미친 듯이 공부했다. 한시도 놀지 않고 시간이 날 때마다 복습과 예습을 철저히 했다.

그 결과가 바로 십일 등이었다.

"성적이 무척 향상되었구나. 대단하다."

사혁이 칭찬했다.

사십 등 근처의 성적을 내던 탁탑천의 성적 향상은 실로 눈부셨다. 나태하던 탁탑천의 수업 태도가 진지해졌고, 착실히 공부하는 모습이 믿음직스러웠다.

"감사합니다."

탁탑천이 고개를 숙였다.

스륵!

눈물이 핑 돌았다.

탁탑천은 가까스로 눈물을 참았다.

'됐어. 이제 악귀인 이한열에게서 벗어날 수 있어.'

제자리로 돌아가며 그가 환호했다.

'십일 등이라는 성적을 보여 주면 부모님도 이한열을 쫓아내 버리실 거야.'

그는 십일 등이라고 적혀 있는 답지를 보면서 환하게 웃었다.

"탑천아, 축하해!"

진미령이 다가와서 자신의 일처럼 기뻐해 줬다.

바로 탁탑천의 여자 친구였다.

그녀가 탁탑천을 바라보며 환하게 웃었다.

"고마워."

탁탑천도 웃으며 말했다.

그는 이루 형언할 수 없는 기쁨을 누렸다.

"오늘은 시간 있어?"

진미령이 물었다.

근래 그녀는 탁탑천과 서당에서만 볼 수 있을 뿐이었다. 얼마 전까지는 탁탑천과 함께 자주 경치 좋은 곳을 돌아다녔고, 맛있는 음식을 먹으러 다녔다.

심지어 갑작스럽게 바뀐 탁탑천에게 다른 여자 친구가 생겼나 의심도 했다. 그런데 탁탑천의 성적을 보니 집에서 열심히 공부한 모양이었다.

이제 시험도 끝났으니 그녀는 탁탑천과 함께 경치 좋은 곳에서 맛있는 음식을 먹고 싶었다.

"이 기쁜 소식을 조금이라도 빨리 부모님께 알려 드리고 싶어."

탁탑천이 말했다.

그는 조금이라도 빨리 악귀인 이한열에게서 벗어나기를 원했다. 집으로 돌아가서 성적표를 보여 주고, 이한열을 개인 학사 자리에서 쫓아내고 싶었다.

"그렇구나."

진미령이 아쉬워했다.

"내일부터는 시간이 날 거야. 내일 좋은 곳에 놀러 가자."

탁탑천이 진미령을 위로했다.

"약속했어."

침울하던 진미령의 얼굴이 대번에 환해졌다.

"물론이지. 내일부터는 다시 자유로워질 수 있어."

탁탑천이 말했다.

하지만······.

세상사는 사람의 뜻대로만 흘러가는 것이 아니었다.

"정말로 고맙소."

탁둔원이 이한열에게 진심으로 고개를 숙였다.

"별말씀을. 모두 탑천이가 노력한 공이오."

이한열이 대수롭지 않게 말했다.

"그간 이 진사를 크게 오해했소. 이 진사의 가르침이 옳았소."

탁둔원이 재차 고개를 숙였다.

이한열을 개인 학사로 불러오고 난 뒤, 그는 마음고생이 무척이나 심했다. 공부를 시키지 않고 체력 단련만 시키는 이한열이 솔직히 미덥지 않았다.

게다가 부인 역시 체력 단련만 시키는 이한열의 행태에 불평했다. 여기저기서 이한열에 대해 안 좋은 소리만 해댔다.

괜한 짓을 한 것은 아닌지 탁둔원 역시 고민하지 않을 수 없었다.

하지만 탁탑천의 시험 성적으로 이한열의 가르침이 효율적이고 뛰어나다는 사실이 입증됐다.

'의외네. 성적이 좋게 나올 줄은 몰랐는데……'

이한열은 탁둔원의 공치사에 낯이 간지러웠다.

하지만 그는 그런 걸 겉으로 표현할 정도로 어리석지 않았다.

가르치는 제자의 성적 향상은 엄연히 스승의 공이었다.

체력 단련만 계속 시켰기에 단기적으로 볼 때 탁탑천의 성적이 떨어질 거라고 예상했다. 그런데 그런 예상이 보기 좋게 빗나갔다.

"탑천이는 이 진사의 가르침이 없이도 앞으로 잘할 수 있다고 말했는데, 내가 볼 때는 아니오. 앞으로도 잘 부탁드리겠소이다."

탁둔원이 말했다.

등수가 새겨진 답지를 건넨 탁탑천이 이한열을 개인 학사 자리에서 물러나게 해주면 더욱 열심히 공부하겠다고 주장했다. '알았다.'라고 대답을 했지만 탁둔원은 탁탑천의 말을 믿지 않았다.

지금껏 놀기 좋아하고 나태하게 살아온 탁탑천이었다.

그런 탁탑천이 변한 것은 모두 이한열의 공이었다.

그렇기에 탁둔원은 이한열의 놀라운 업적을 심히 찬양했다.

이렇게 계속 성적이 올라간다면 탁탑천의 향시 급제도 꿈만은 아니었다.

이한열을 싫어하던 부인도 지금까지의 태도를 백팔십도로 바꾸었다. 음식 솜씨 좋은 그녀가 이한열을 위해 직접 요리하겠다고 주방에 들어가기도 했다.

'흐응! 나를 개인 학사 자리에서 몰아내려고 발악적으로 공부한 것이로군.'

이한열은 대번에 탁탑천의 성적이 향상된 비밀을 알아차렸다.

씨익!

이한열은 탁탑천의 깜찍한 반항에 웃었다.

"앞으로 탑천이가 더욱 많은 땀을 흘릴 수 있게 하지요."

이한열이 말했다.

반항의 대가로 더욱 가열하게 체력 단련시킬 것을 그가 천명했다.

"그렇게 만들어야지요."

탁둔원이 맞장구쳤다.

그들은 탁탑천의 교육에 대해 의견 일치를 보았다.

결국 성적을 올린 탁탑천의 반항 아닌 반항은 이한열의 개인 학사 자리를 더욱 공고하게 만들어 주는 꼴이 되어 버렸다.

탁탑천 입장에서는 참으로 기가 막히고 환장할 일이었다.

第十三章

외가비망

이한열은 주자소 집무실에 있었다.

해야 할 일은 집무실에 오자마자 모두 끝마쳤다.

그는 주자소의 기술자들에게 특별한 일이 없으면 자신이 집무실에서 나오기 전까지 아무도 들어오지 말라고 지시했다.

그렇기에 홀로 한가하고 여유로운 시간을 보낼 수 있게 됐다.

그는 혼자만의 공간에서 하고 싶은 일을 마음껏 할 수 있었다.

처음 주자소에 배치됐을 때는 이런 한가한 시간이 싫었

지만 지금은 아니었다. 읽어야 할 책도 많았고, 배워야 할
내용들도 많았다.

그런 이한열에게 여유롭게 일할 수 있는 주자소는 안성
맞춤이었다.

그는 주자소에서 끊임없이 스스로를 갈고닦았다.

두근! 두근!

이한열은 흥분을 감출 수 없었다.

슥!

그가 사갈철왕 책에 손을 대봤다.

책 표지의 붉은 글씨가 뜨거웠고, 느낌이 부드러웠다.

참으로 신비한 느낌이었다.

신비한 느낌이 손가락을 타고 들어와 그의 온몸으로 깊
숙이 파고들었다.

휘이잉! 휘이잉!

열어 놓은 창문을 통해 바람이 감미롭게 불어왔다.

옷자락이 부드럽게 펄럭였고, 머리카락이 흩날렸다.

"가자."

이한열이 책장을 넘겼다.

그리고 아침에 읽고 멈췄던 부분에 다시금 시선을 모았
다.

그리고······.

그의 정신이 책 속으로 스며들었다.

그는 책 속의 여관숙을 제삼자의 입장에서 지켜볼 수 있게 됐다.

이한열은 집무실에 있으면서 또 책 속의 이야기에도 존재했다. 각기 다른 곳에 있지만 하나로 이어져 있었다. 책 속에서 보고 느낀 깨달음들이 실시간으로 집무실에 있는 이한열에게 전해졌다.

이한열의 정신이 안 순간 바로 육체가 인식할 수 있었다.

안다는 건 학사인 이한열에 있어 지극한 열락이다.

스윽!

큰 즐거움을 느끼고 있는 이한열의 입가에 잔잔한 미소가 피어났다. 단전에서 일어난 진기들이 혈도를 강하게 치고 내달렸고, 혈관이 강해진 진기의 흐름에 버티기 위해 튼튼해졌다.

"……."

고요하게 내리깔고 있는 이한열의 눈동자가 책에 고정되어 있었다.

새로운 기회를 맞고 있는 여관숙을 보면서 이한열의 심장이 강하게 박동했다.

"출세했군."

여관숙이 혈세서고로 들어서면서 중얼거렸다.

강호에서의 첫 임무를 마치고 돌아온 그였다.

정파의 명숙을 살해한 그는 공로를 인정받아 혈마교의 혈세서고에 입고할 수 있는 기회를 얻었다. 혈세서고는 혈세천하를 이루려는 혈마교의 염원을 담은 서고로, 중급 무사들을 위해 개방됐다.

비록 중급 무사들을 위해 개방되는 혈세서고였지만 그 안에는 뛰어난 마공과 사공들이 즐비했다.

저벅! 저벅!

여관숙이 혈세서고 안으로 들어갔다.

혈세서고의 안은 넓었다.

서고 전체에 백여 개의 서가들이 죽 늘어서 있었는데, 그런 줄이 열 개가 넘었다. 무려 천여 개의 서가들이 혈세서고에 있는 것이다.

서가들에는 책들이 빼곡하게 꽂혀 있었다.

"엄청나군."

여관숙은 엄청난 양의 책에 질려 버렸다.

혈세서고는 혈마교의 역량을 잘 보여 줬다.

혈세서고에는 마공과 사공들뿐만 아니라 정파의 무공들도 많았다. 혈마교의 첩자들이 빼돌린 무공들도 있었고, 혈마교에 의해 멸문된 문파의 무공들도 있었다.

혈마교는 수단과 방법을 가리지 않고 세상의 무공들을 수집했다. 그리고 그런 무공들 가운데 중급에 해당되는 무공들이 바로 혈세서고에 비치됐다.

피의 도를 세운다는 의미의 하급 무고인 혈도서고는 혈세서고보다 열 배나 많은 도서들이 보관됐다. 질적으로는 가장 낮지만, 양으로만 치면 혈도서고가 가장 많은 책들을 소장하고 있었다.

혈도서고는 그냥 건너뛰었다.

묵철강괴의 제자인 여관숙이 혈도서고에서 배울 무공은 하나도 없었기 때문이다.

"사부께서 외가기공으로 가서 살펴보라고 했지."

혈세서고에 들어가는 여관숙을 위해 묵철강괴가 조언해 줬다.

외문무공 바로 위의 단계가 바로 외가기공이다.

외가기공은 외문무공과 내공심법의 이점을 합쳐서 탄생한 분야이다. 외가기공을 수련하면 내공심법처럼 활용할 수도 있고, 내공 없이 외문무공의 탄탄한 육체를 지닐 수도 있다.

하지만 외문무공에 비해 수련하기가 까다롭다는 단점이 존재했다.

저벅! 저벅!

여관숙이 곧바로 외가기공이 있는 서가 쪽으로 걸어갔다.

그는 혈세서고에 있는 수많은 책들에 질려 묵철강괴의 조언을 그대로 따랐다.

여관숙은 책과 거리가 먼 사람이었다.

"아!"

아쉬운 탄성을 토한 이한열이 책 속에서 튕겨져 나왔다.

그는 엄청난 책의 바다에 잔뜩 흥분했다.

하지만 여관숙이 수많은 책들을 그냥 지나치자 너무나도 안타까웠다.

만약 그가 혈세서고에 있었다면 밤낮을 잊어버리고 책 속에 파묻혔으리라!

많은 책을 보고서 흥분하는 건 학사로서 당연한 반응이었다.

하지만 여관숙을 제삼자로서 바라보고 있는 이한열은 그냥 지켜볼 수밖에 없었다.

"끙!"

생각할수록 아쉬웠기에 이한열의 입에서 앓는 소리가 흘러나왔다.

"언제 기회가 닿으면 혈마교의 서고에 가보고 싶구나."

이한열은 혈세서고에서 보았던 수많은 책들을 읽어 보고 싶었다.

"저렇게 많은 책들을 소장하고 있다니 참으로 놀랍구나. 혈마교는 단순히 힘만을 숭상하는 마도 집단이 아니야."

혈세서고를 통해 사악하다고 알려진 혈마교의 저력을 인지할 수 있었다. 혈마교가 왜 천산의 마교와 함께 강호의 이대 마교로 통하는지 깨달았다.

책은 사람들의 깨달음과 행동을 기록하여 후손에 전하는 기록물이다.

그런 책에 담겨 있는 것들은 엄청났다.

소위 책 속에는 황금도 있고, 여자도 있고, 힘도 있다.

이한열은 책을 통해 황금과 여자, 힘을 얻었다.

그리고 그것은 현재 진행형이었다.

그런 책들이 혈마교에 엄청나게 소장되어 있었다.

"혈세서고보다 열 배 이상 큰 혈도서고도 있다. 만여 개의 서가라! 참으로 놀라운 일이구나. 서가가 만여 개라면 천하제일서고라고도 할 수 있겠어."

이한열이 중얼거렸다.

황궁 서고조차 서가들이 만 개에 이르지는 못한다.

서가의 숫자가 자주 바뀌긴 하지만 그 숫자가 칠천 개를 넘은 적은 단 한 번도 없었다.

대륙을 다스리고 있는 황궁조차 칠천 개의 서가만을 가지고 있는데 일개 무림 집단인 혈마교가 만여 개가 넘는 서가를 보유하고 있었다.

이한열은 방대한 혈마교 서적의 양에 놀라지 않을 수 없었다.

"아쉽지만 어쩔 수 없는 일이지."

이한열이 아쉬운 마음을 달랬다.

그는 외가기공을 향해 걸어간 여관숙의 다음 행보를 보기 위해 다시금 책을 살폈다.

벽과 천장, 바닥에는 글과 그림들이 빽빽하게 새겨져 있었다. 검과 창 등을 들고 있는 무인들이 투로를 보여 주고 있었고, 글들이 무공초식을 설명해 줬다.

혈세서고를 둘러싸고 있는 돌은 단단한 청강석이었다.

청강석에 새겨져 있는 그림과 구결들은 전대의 혈마교 무인들이 새겨 넣은 것들이었다. 혈세서고에 있는 무공들을 먼저 익혔던 전대 무인들이 그들만의 오의를 후대에게 알려 주는 것이다.

고금제일마 혈마를 숭상하는 혈마교의 역사는 뿌리

가 깊었다.

저벅! 저벅!

배워야 할 내용을 정한 여관숙은 돌에 새겨진 내용
에 눈길도 주지 않았다.

배우지 않을 다른 내용들까지 알면 머리만 아플 뿐
이었다.

여관숙은 배우는 부분에만 집중하는 남자였다.

그가 만약 혈세서고의 책들과 돌에 새겨진 내용들
까지 집중하여 보고 익히려고 한다면 평생을 혈세서고
에서 머물러도 부족할 것이다.

지금 배우려고 하는 외가기공만 해도 깊이가 있는
무공이었다.

모두 익힐 수 없다는 사실을 알고 있기에 여관숙은
선택과 집중을 했다.

그의 선택은 바로 외가기공이었다.

"여기구나."

여관숙의 눈에 이채가 번쩍였다.

마침내 그는 외가기공 서적들이 꽂혀 있는 서가 앞
에 섰다.

"사부께서 '외가비망'이라는 책을 찾아보라고 하셨
다."

여관숙이 서가의 옆에 걸려 있는 도서 목록을 살폈다.

워낙 많은 책들이 소장되어 있는 탓에 도서 목록이 없으면 원하는 책을 찾기가 어려웠다. 그렇기에 각각의 서가마다 도서 목록이 있었다.

외가비망은 배교의 무공으로, 혈마교가 배교의 지부를 멸문시키고 빼앗은 무공이다. 배교 특유의 사이하면서 기발한 오의가 잔뜩 깃들어 있었다.

"찾았다."

여관숙이 외가비망의 위치를 확인했다.

다섯 번째 서가의 위에서 네 번째 선반에 꽂혀 있었다.

슥!

외가비망 책을 손에 집어 든 여관숙이 입가에 미소를 지었다.

묵철강괴는 여관숙에게 될 수 있으면 꼭 필요한 무공비급만 보라고 충고했다. 무공비급을 많이 읽으면 오히려 머리만 복잡해질 수 있다는 조언이었다.

묵철강괴는 머리 쓰는 일을 싫어했고, 여관숙도 복잡한 일을 싫어했다.

닥치는 대로 무공비급을 살핀다고 해서 고수가 되

는 건 아니다. 하나의 무공만을 익혀도 천하제일고수
가 될 수 있었다.

소림의 기초 권법 가운데 하나인 아라한권만 익힌
고승 즉장 선사가 전전 대의 천하제일인이었다. 오직
아라한권만 익힌 그의 권법은 소림의 절기인 백보신권
을 뛰어넘었다.

기초 무공도 어떻게 익히느냐에 따라 능히 천하제일
에 오를 수 있다는 걸 즉장 선사가 여실히 보여 줬다.

팔락!

여관숙이 외가비망을 읽기 시작했다.

"이것은······."

외가비망의 첫 장을 읽는 여관숙의 눈빛이 번뜩였
다.

"처음부터 주술적인 면이 들어가 있군."

여관숙이 미간을 찌푸렸다.

주술적인 부분을 설명하고 있는 외가비망의 내용이
단순한 그의 머리를 복잡하게 만들었다.

배교의 무공은 주술과 환술, 기문진법 등에 비해 낮
은 평가를 받았고, 실제로도 그랬다. 하지만 그들의 사
이한 주술은 무공보다 상당히 앞섰다.

배교의 주술은 사특하고 기발한 면이 많았다.

배교는 부족한 무공을 만회하기 위해 무공에 주술과 환술 등을 가미했다. 그리고 그런 것들 가운데 하나가 바로 외가비망이었다.

"사부께서 익히라고 하셨으니 해야지."

주술을 배워야 한다는 사실에 의문이 들기도 했지만 그는 사부의 말에 절대복종하는 제자였다.

탁자로 걸음을 옮긴 그가 벼루에 먹을 갈기 시작했다.

스윽! 슥!

먹이 벼루 위에서 빠르게 움직였다.

진한 먹물이 금방 만들어졌다.

그가 붓을 집어 들고 외가비망을 필사하기 시작했다.

스륵! 스륵!

여관숙이 붓을 움직였다.

빈 서책에 외가비망의 내용들이 고스란히 옮겨졌다.

외가비망의 각 장마다 작은 글씨로 주술에 대한 설명과 함께 무공 요결들이 적혀 있었는데, 무공 요결보다 주술에 대한 설명이 더욱 많았다.

"무공비급인지 주술서인지 모르겠군."

여관숙은 피식 웃으며 중얼거리는 와중에도 손을

멈추지 않았다.

불편한 마음에 미간을 찌푸리면서도 외가비망의 글들을 옮겨 적었다.

괴발개발의 글이 서책에 써졌다.

남들이 알아보기 힘들 정도의 악필이었다.

하지만 여관숙은 그 내용을 한눈에 알아볼 수 있었다.

스륵! 슥!

붓이 꾸준하게 움직였다.

한 시진이 넘는 시간이 훌쩍 지나갔고, 결국 붓의 움직임이 멈췄다.

탁!

필사를 모두 마친 여관숙이 붓을 내려놓았다.

"끝났다."

의자에서 일어난 그는 외가비망 원본을 다시금 서가에 꽂아 넣었다.

저벅! 저벅!

그가 걸음을 옮겼다. 그러면서도 혈세서고에 있는 수많은 다른 무공비급들엔 일절 눈길도 주지 않았다.

원하던 외가비망만을 필사한 뒤 그대로 밖으로 빠져나왔다.

"외가비망을 수련하려면 머리 좀 아프겠네."

단 하나의 무공비급만을 얻었지만 여관숙은 걱정이 많았다.

"정말 한 권만을 가지고 나왔네."

이한열은 크게 실망했다.

책의 바다에서 딱 한 권만을 챙겨 나왔다는 사실이 믿기지 않았다. 엄청나게 많은 무공비급들이 비치되어 있었고, 이한열이라면 호기심에라도 책들을 살펴보았을 것이다.

그런데 외가비망은 단순한 무공비급이 아니었다.

주술 섞인 배교의 외문무공에 대한 설명을 자세하게 풀어 놓았다.

필사할 때 보았던 내용들을 상기하면서 이한열은 감탄하지 않을 수 없었다.

"배교의 주술이라! 일반적인 무공과는 판이한 면이 있구나."

이한열은 외가비망에 수록된 주술적인 부분에 강한 호기심을 드러냈다. 학사로서의 호기심이 발동됐고, 이것에 대한 이치를 조사하여 밝혀내기를 원했다.

외가비망의 내용들을 곱씹을수록 이한열이 전율했다.

심장이 빨리 뛰고, 머리가 뜨거워졌다.

그의 두 눈에서 이채가 번뜩였다.

"외문무공을 익히고 있는 나에게 배교의 외가비망은 엄청난 가치가 있다. 괴이하고 사특한 주술적인 면이 무공 수련을 크게 단축시켜 줄 수 있을지 몰라."

그는 주술이 주문을 외우거나 술법을 이용한 일이라고 생각했다. 무당과 주술사가 귀신을 물리치고 액을 떨치기 위해 한 일도 고향에 있을 때 두 눈으로 지켜봤다. 주술은 미신이라고 여겼다.

외가비망에서 설명하고 있는 주술에는 약간의 이질적이면서 불합리한 부분이 있기도 했지만 체계적이었다.

읽어 보면 절로 고개가 끄덕거려지는 내용이 많았다.

역사가 깊은 배교인 만큼 그들의 주술은 상당한 연구가 진행되었고, 그로 인해 많은 주술이 만들어졌다. 잘못된 주술로 인해 목숨을 잃은 주술사들도 적지 않았다.

하지만 주술사들은 끊임없이 연구를 계속했다.

연구를 통해 무공의 잘못된 부분을 개선하고, 새로운 무공과 주술들이 지속적으로 추가됐다.

이런 배교의 역사는 무려 천 년이 넘는다.

강호에서 가장 오래된 무림 문파 가운데 열 손가락 안에 꼽혔고, 구파일방보다 훨씬 과거에 만들어진 문파였다.

천 년 세월이 녹아 있는 배교의 주술은 신비롭고 그 깊이가 상당했다.

"강호에는 정말 기괴하면서 재미난 공부들이 많구나."

과거 공부만을 했던 그에게 강호는 정말로 신비한 세계였다.

무공을 수련하면서 강호와 인연이 닿았지만 아직 그가 모르는 부분이 많았다. 그런 그에게 사갈철왕이라는 책이 많은 걸 알려 줬다.

패도적인 마도의 가르침이 은연중에 이한열의 몸과 마음 속으로 스며들었다.

하지만 눈빛을 반짝거리고 있는 이한열은 그런 사실을 인지하지 못했다.

마치 가랑비에 옷이 젖듯 그 역시 마도의 공부에 빠져들어 갔다.

第十四章

전율

여관숙의 손이 허공을 질주했다.

우우웅! 우우웅!

내뻗은 그의 주먹에 의해 대기가 흔들렸다.

콰아아! 콰아아!

공간을 찢을 듯이 뻗어지는 주먹이 눈부실 정도로
쾌속했다.

"좋구나."

묵철강괴 구본무가 단숨에 쇄도하는 강력한 주먹을
바라보면서 말했다.

구본무는 여관숙과 비무를 펼쳤다.

비무는 가르침인 동시에 실전을 방불케 할 정도로 살벌했다.

콰우우! 콰우우!

구본무의 검게 물든 주먹이 허공에 검은 선을 죽 그었다.

묵철권이었다.

붕권이자 패권인 묵철권은 막는다고 해서 막을 수 있는 무공이 아니었다. 무지막지한 힘을 바탕으로 해서 상대를 찍어 누르거나 박살 냈다.

주먹과 주먹이 부딪치려고 할 때였다.

순간 여관숙이 주먹을 빙글 돌렸다.

휘리릭!

회전하는 주먹이 쇄도하는 묵철권을 상대했다.

콰앙!

폭음이 터졌다.

"음!"

구본무의 입에서 답답한 소리가 흘러나왔다.

묵철권을 쉽사리 막아 낸 여관숙의 가슴이 두근거렸다.

구본무와 비무를 할 때마다 여관숙은 항상 묵철권에 의해 피해를 입었다. 그런데 지금은 전혀 다른 형국이 펼쳐졌다.

"배교의 전사와경이냐?"

"예."

여관숙이 답했다.

외가비망의 전사와경을 펼쳤다.

전사와경은 배교가 전사경을 연구하여 만든 무공으로 내공이 없어도 펼칠 수 있고, 내공이 함께하면 더욱 강해진다.

"장하다. 이제부터 일 할의 내공을 더 사용하겠다."

구본무가 흡족한 표정을 지으며 말했다.

여관숙을 상대하면서 그는 이 할의 진기만을 이용했다. 그런데 외가비망을 익힌 여관숙의 발전이 눈부셨기에 기존 이 할의 진기만으로는 상대하기가 버거웠다.

제자 여관숙의 빠른 성장이 구본무를 흡족하게 만들었다.

"모두 스승님의 가르침 덕분입니다."

여관숙이 고개를 숙였다.

"받아라. 묵철유성!"

구본무가 기습적으로 여관숙의 가슴을 향해 주먹을 묵직하게 내밀었다.

실전에서 한순간의 방심은 목숨을 잃어버리는 단초
가 된다.

구본무는 비무를 통해 그것을 미리 예방하려고 했
다. 제자의 실력이 부족해서 죽는 건 어쩔 수 없는 일
이지만 방심해서 죽는 건 용납할 수 없었다.

우우웅! 우우웅!

울음을 토해 내면서 달려드는 주먹은 대단히 위력적
이었다. 유성처럼 흐르는 검은 궤적이 끊어지지 않고
여관숙을 노리며 날아왔다.

구본무의 기습에 많이 당해 왔던 여관숙이 곧바로
대응했다.

하지만 여관숙은 구본무의 주먹에서 전혀 허점을
찾지 못했다.

'깨부순다.'

여관숙의 두 눈이 강하게 타올랐다.

강한 구본무를 상대로 회피하면 결국에는 밀리게
된다. 한번 피하게 되면 약한 여관숙은 구본무를 상대
로 승기를 잡기가 어려웠다.

처음부터 최고의 실력을 발휘해서 싸워야만 약간이
라도 승리할 가능성이 생긴다.

"묵철유성!"

진기를 최고로 끌어올린 여관숙이 구본무와 똑같이 묵철권 제칠 초식인 묵철유성을 내갈겼다. 동시에 외가비망에 수록된 근력첩폭이라는 무공을 사용했다.

근력첩폭은 근육에 녹아들어 있는 힘을 진기로 격발하여 사용하는 무공이다. 근력첩폭을 사용하게 되면 최고 두 배가량의 힘을 낼 수 있다. 대신 근력첩폭을 시전한 뒤 근육의 힘이 약화된다는 단점이 있었다.

콰콱!

격렬한 폭음이 터졌다.

"큭!"

여관숙의 얼굴이 잔뜩 일그러졌다.

여관숙이 충격을 이기지 못하고 뒤로 주춤주춤 물러났다.

주르륵! 주르륵!

찢어진 그의 주먹에서 피가 배어 나왔다.

슥!

여관숙이 주먹을 내려다보았다.

상처로 인한 아픔보다 축 늘어진 팔이 문제였다.

힘을 줘도 팔이 제대로 올라가지 않았다. 아니, 올라가기는 하지만 그 속도가 여관숙이 생각하는 것과 일치되지 않았다.

근육의 힘이 약화됐기 때문이다.

"어설프게 사용하면 근력의 힘이 약화되기 때문에 근력첩폭은 최후의 순간 사용해야 한다."

구본무가 말하면서 여관숙의 허점을 노리고 공격했다.

몸에 힘이 제대로 들어가지 않은 여관숙이 자세를 잡지 못하고 휘청거렸다.

퍼억!

둔탁한 소리와 함께 여관숙의 몸이 허공을 훌훌 날아올랐다.

"큭!"

땅바닥에 거칠게 쓰러진 여관숙이었다.

그런 여관숙을 보면서 구본무가 더욱 거세게 몰아붙였다.

퍽! 퍼억!

여관숙의 몸에 구본무의 공격이 그대로 작렬했다.

몸에 제대로 힘이 들어가지 않은 여관숙이 휘청거렸다.

휘익!

쇄도한 구본무의 검은 주먹이 여관숙의 어깨를 때리려고 했다.

그때였다.

흐느적거리던 여관숙의 두 눈에 강렬한 빛이 어렸다. 순간적으로 자세를 갖춘 그가 귀왕보를 밟으면서 구본무의 주먹을 피해 버렸다.

"묵혈철권!"

여관숙이 필살의 일격을 내갈겼다.

후우웅!

묵직한 그의 주먹이 구본무의 옆구리를 노리고 쇄도했다.

"헉!"

전혀 예상하지 못한 여관숙의 반격에 구본무가 대경실색했다.

구본무의 놀란 눈이 크게 부릅떠졌다.

여관숙은 음흉하게 최후의 비기를 남겨 두었고, 그걸 위기에 몰린 마지막 순간에 사용했다. 진기를 거꾸로 돌려서 순간적으로 엄청난 힘을 뿜어낸 것이다.

외가비망에 수록되어 있는 역혈증폭이었다.

여관숙이 회심의 미소를 짓고 있을 때였다.

스르르! 스르르!

구본무가 소매에 진기를 담아서 떨치자 소매가 빳빳하게 일어섰다.

철포수였다.

진기를 듬뿍 머금어 강철처럼 강해진 소맷자락이 쇄도하는 주먹을 막아 갔다.

쩌쩌쩡! 쩌쩌쩡!

요란한 소리가 일어났다.

소맷자락이 역혈증폭의 힘이 담긴 주먹을 이기지 못하고 찢겨져 나갔다.

휘리릭! 휘리릭!

구본무가 교묘하게 손을 흔들었다. 빳빳하던 소맷자락이 부드럽게 변하면서 여관숙의 주먹을 휘감았다. 소맷자락에 휘말린 여관숙의 주먹이 졸지에 힘을 잃어버렸다.

"하하하! 좋은 수였다. 더 남아 있는 수가 있느냐?"

구본무가 웃으며 말했다.

"없습니다. 좀 전의 일격이 최후의 수였습니다."

대답하는 여관숙의 안색이 창백했다.

혈도와 혈관, 단전이 찢어질 것처럼 아파 왔다.

바늘로 콕콕 찌르는 고통이 전신에서 파도처럼 밀려왔다.

역혈증폭을 사용한 부작용들이었다.

"밑천을 다 드러냈구나. 각오는 되었겠지?"

구본무가 주먹을 말아 쥐며 말했다.

그는 스승을 놀라게 한 제자에게 구타를 통해 따끔한 가르침을 알려 줄 생각이었다.

"오십시오."

여관숙이 휘청거리는 가운데 투기를 내비쳤다.

비록 몸 상태는 최악이었지만 끝까지 버텨 볼 생각이었다.

슉!

여관숙이 구본무의 공격에 대비해 방어 자세를 취했다. 선방어를 한 뒤에 역습으로 공격을 할 생각이었다.

이한열이 벼루에 물을 붓고 먹을 가져다 댔다.

먹을 이용해서 오른쪽으로 작은 원을 그리며 움직였다.

스윽! 슉!

먹이 벼루 위에서 움직일 때마다 고즈넉한 소리가 집무실에 울렸다.

맑은 물이 시간의 흐름과 함께 점점 검어졌고, 이내 진해졌다.

진한 먹물을 만든 이한열이 먹을 내려놓았다.

슉!

그가 붓을 집어 들었다.

스윽! 슥!

붓이 새하얀 종이 위에서 부드럽고 강하게 춤췄다.

용사비등한 필체가 종이 위에 피어났다.

힘이 넘치면서도 보기 좋은 명필이었다.

이한열이 오랜 세월 고생해서 만든 필체였는데, 그것은 필체가 과거 시험장에서 무척이나 중요하기 때문이다.

답지에 같은 요지의 답이 적혔다고 할 때, 명필이 악필보다 더욱 좋은 점수를 획득한다. 보기 좋은 떡이 먹기도 좋다는 말처럼 악필보다 명필이 좋은 대접을 받는 것이다.

전사와경!

근력첩폭!

역혈증폭!

종이 위에 적고 있는 글들은 이한열이 여관숙을 통해 보고 느꼈던 외가비망의 무공들이었다.

"이런 식인가?"

이한열이 불쑥 오른손을 들어 올려 회전시켰다.

전사와경을 펼친 것이다.

후드득! 후드득!

오른손에 들린 붓에서 먹물이 마구 튀어나왔다.

후웅!

전사와경을 펼친 그의 주먹은 평소보다 묵직하고 강렬했

다. 우악스러운 전사경의 힘이 주먹에 실린 덕이었다.

"부족하네."

이한열이 아쉬워했다.

여관숙이 펼쳤던 전사와경에 비해 너무나도 많이 부족했기 때문이다.

일류 고수인 여관숙과 이제 막 무공에 입문한 이한열의 간격은 엄청나게 컸다.

하지만 그 간격의 차이를 알기에 이한열은 실망하지 않았다.

"땀 흘리며 수련하면 자연스럽게 실력이 늘어날 거야."

그의 눈빛이 맑게 빛났다.

새로운 걸 배우고 있는 그의 머리가 팽팽 돌아갔다.

배우면서 그는 즐거움을 얻었다.

송골! 송골!

머리가 팽팽 돌아가면서 이한열의 이마에 구슬땀이 맺히기 시작했다. 고도로 머리를 사용하는 이한열의 눈빛이 뜨겁게 타올랐다.

그는 전사와경과 근력첩폭, 그리고 역혈증폭에 대해서 수없이 사색했다.

번개가 번쩍 내리치는 것처럼 머릿속이 훤하게 밝아졌다가 어두워지기를 반복했다. 천둥꽝음이 일고, 무심한 바람이 허허롭게 불어닥쳤다.

그의 정신세계에 엄청난 변화가 급속하게 일어났다.

부르르! 부르르!

이한열의 몸이 전율했다.

어느새 집무실이 고요해졌다.

말을 잃어버린 이한열은 외가비망의 무공들을 떠올렸다.

알지 못했던 내용들이 거대한 파도처럼 일어나 이한열을 집어삼켰다. 무지막지한 파도가 계속해서 밀어닥쳤다.

거센 파도의 홍수 속에 이한열이 전율하며 서 있었다.

파도에 몸이 휩쓸릴 때마다 이한열은 몸과 마음이 청량해졌다. 육체가 낱낱이 깨어나고 정신이 새롭게 팽창됐다.

정신이 성장하면서 육체가 스스로 새로운 가르침들을 인식했다.

삼매경에 빠져든 그의 두 눈이 맑게 빛났다.

외가비망의 구결들이 그의 머릿속에서 느릿느릿 스쳐 지나갔다. 그리고 그 무공들을 펼친 여관숙의 자세가 천천히 흘러갔다.

이한열은 구결들의 뜻과 자세를 하나하나 살펴볼 기회를 가졌다.

그 속에서 외가비망을 어떻게 육체에 적용시켜야 하는지 알아 갔다.

찰나의 순간이 영겁과 같았다.

오랜 시간 외가비망을 보고 수련해야 얻을 수 있는 깨달음들을 이한열은 짧은 시간에 걸쳐서 얻어 냈다.

그런 가운데 이한열의 학사로서의 본능이 가미됐다.

그는 외가비망에 대해서 연구하고 또 파헤쳤다.

단순히 그냥 익히는 것이 아니라 왜 비틀리고 증폭되어야 하는지 그 원인과 이유, 과정과 결과를 살폈다.

그가 배교의 주술이 담긴 외가비망을 해부해 나갔다.

이한열은 외가비망과 시간과 공간을 초월하여 함께했다.

반짝! 반짝!

이한열의 눈빛이 밤하늘의 별처럼 밝게 빛났다.

씨익!

이한열의 입가에 환한 웃음이 떠올랐다.

부르르! 부르르!

이한열의 떨림이 더욱 강렬해졌다.

삼매경에 빠져 있던 그의 정신과 육체가 깨어나기 시작했다.

"……."

이한열은 말없이 방금 전에 겪었던 삼매경의 내용들을 관조하며 살폈다. 아직까지 몸 안의 여운이 사라지지 않았다.

스륵!

한참 시간을 보낸 이한열이 반개하고 있던 눈을 떴다.

그리고…….

가볍게 주먹을 내질렀다.

후우웅!

허공을 때린 주먹에서 강한 권풍이 일어났다.

"이런 식으로 전사와경과 근력첩폭을 함께 사용하는 것이 가능하군."

강한 힘을 온몸으로 느낀 이한열이 말했다.

그는 방금 두 가지, 전사와경과 근력첩폭을 함께 사용했다.

시전 속도가 느리긴 했지만 그 위력은 나름 준수하였다.

"근력첩폭을 사용하면 힘이 심하게 빠지는구나. 근력첩폭의 힘을 줄이고 전사와경의 힘을 보태야겠어. 그렇게 하면 여러 번 사용하는 것이 가능해."

이한열은 몸에 일어난 변화를 분석하여 더욱 나은 수단을 찾아냈다.

두 가지를 조합하면 좋은 효과를 볼 수 있었다.

이것은 책을 저술한 여관숙도 미처 예상하지 못한 놀라운 성취였다. 두 가지를 동시에 사용한 건 여관숙이 일 년 넘게 외가비망 무공을 익힌 뒤였다.

이한열의 뛰어난 재능도 한몫했지만 학사와 무인의 근본적인 차이점도 컸다.

여관숙이 의심하지 않고 있는 그대로를 배웠던 반면에 이한열은 끊임없이 의아함을 가지고 연구하며 파헤쳤다. 그렇기에 외가비망 무공들의 조합을 여관숙보다 이른 시간에 찾아낸 것이다.

두근! 두근!

이한열의 심장이 요란하게 뛰었다.

"외가비망의 다른 무공들을 조합한다면?"

이한열이 즐거워했다.

조합하는 방법은 무궁무진했다.

새롭게 연구하고 강해질 수 있다는 사실이 강렬한 전율을 불러왔다.

씨익!

이한열의 입가에 햇살처럼 맑은 미소가 떠올랐다.

눈부시도록 빛나는 웃음이었다.

스윽! 슥!

이한열이 쉬지 않고 생각한 조합들을 종이 위에 써 나갔다.

글로 적으면서 생각들이 보다 정교하게 정리됐다.

"하하하! 금종조도 있구나. 이건 횡가철문전 수련에 큰 도움이 되겠어."

이한열이 웃음을 터트렸다.

그는 외가비망에 있는 금종조의 무리를 이해하는 데 성공했다. 횡가철문전 안에는 금종조에 대한 내용도 포함되어 있었다.

무수한 충격을 받으면서 조문을 단련하는 금종조 수련법은 단순했다.

하지만 단순하기에 더욱 익히기가 극악했다.

충격에 실린 통증을 이겨 내면서 금종조를 완성한 무인은 무림에서도 손에 꼽을 지경이었다.

내가심법을 익혀 기를 몸에 두르는 호신기막을 펼치면 금종조를 완성한 것보다 더욱 뛰어난 효과를 본다. 호신기막의 상위 단계인 호신강기는 반탄력만으로도 적을 짓뭉갤 수 있었다.

더욱 뛰어난 무공들이 많았기에 현 무림에서는 힘들고 어렵게 금종조를 익힐 필요가 없었다. 외문무공은 무림에서 점차 익히는 사람들이 줄어들었다.

수련 방법이 어려운 데다 위력까지 작았기에 대체로 능력 있는 사람들은 외문무공을 익히지 않았다. 심지어 강호무림에서는 외문무공을 수련하는 자들을 일컬어 우둔하게 시간 낭비한다고 말하기까지 했다.

인생은 짧았다.

그렇기에 삶의 시간이 소중했다.

좋은 무공을 익히기에도 시간은 무척이나 부족한데 나쁜 무공을 수련할 이유가 없었다.

만약 강호인들이 이한열의 외문무공 수련을 보았다면 비웃었으리라!

실제로 황궁 내에서 많은 사람들이 이한열의 외문무공 수련을 비웃었다.

하지만 재능 넘치는 이한열은 외문무공에 파고들었다.

한번 붙잡았기에 끝을 보려는 집착도 있었고, 높은 신분의 사람에게 잘 보이기 위한 처세 수단이기도 했기 때문이다.

반짝! 반짝!

이한열의 눈빛이 맑게 일렁였다.

그의 지성과 지혜가 최고조로 발휘됐다.

그는 외가비망에 숨겨져 있는 놀라운 무공들을 파헤치는 데 집중했다.

팔락! 팔락!

이한열이 써놓았던 외가비망을 천천히 정독하기 시작했다.

처참할 정도로 연전연패하고 있는 이한열에게 절실하게

필요한 내용들이 안에 가득했다.

"방문좌도의 무학에도 현기가 있구나."

이한열은 세상 어디에서나 배울 바가 있음을 새삼 깨닫게 됐다.

상리에서 벗어난 무론들을 기이하게 서술하여 표현한 내용들은 결코 부족하지 않았다. 오히려 이한열의 이해가 부족하여 외가비망의 내용을 모두 이해하지 못했다.

알 수 없는 내용으로 표현된 부분을 해석하기 위한 이한열의 탐구는 계속됐다.

처음부터 끝까지 외가비망을 읽은 이한열이 다시 앞으로 돌아갔다.

한 번 읽어 봐서 모르면 백 번 보면 된다.

외가비망을 다시 읽기 시작하자 처음에 놓쳤던 부분을 약간이나마 더 알 수 있게 됐다.

이한열은 글자 하나하나를 머릿속에 각인시켜 가면서 읽었다. 그리고 앞과 뒤의 글자들이 그의 머릿속에서 비벼졌다. 중간에 모르는 부분이 유추됐고, 확인하는 과정이 이어졌다.

"무공 서적을 볼 때 가장 큰 불만은 역시 해석이야."

이한열이 안타까워했다.

학사인 그는 아직도 무공 서적에 담긴 뜻을 해석할 때 부족한 점이 많았다. 글자 그대로의 뜻은 알지만 무공의 이치에 대한 내용을 담고 있는 구결은 머릿속에 모호하게 자리 잡는 경우가 종종 발생했다.

구결의 해석이 제대로 되어 있지 않은 무공은 오히려 안 읽은 것만 못했다.

어색하고 부족한 해석은 진기의 조절을 제대로 하지 못하게 한다.

모르는 상태에서 빠르게 익히려고 하다가 반대로 배배 꼬이는 상황이 연출된다. 그렇게 되면 노력이 오히려 스스로를 망치는 셈이다.

"어설프게 해석되는 건 과감하게 놓아두자."

이한열은 미련을 접었다.

그는 지금까지 무학에 관련된 책들을 많이 읽었지만 사실 잡다하다는 표현이 더욱 옳았다. 그의 무공에 대한 지식은 적고 넓되 깊지 못했다.

기본적인 토대는 이루고 있지만 정교함이 부족하고, 질적 도약을 해줄 실용적이고 야심찬 깨달음이 없었다.

그는 아직 부족했다.

"육체의 기운을 뽑아서 신묘하게 사용할 수도 있구나."

이한열은 외가비망을 보면서 개안했다.

구타연신을 통해 이제 육체적인 능력은 그가 강호빈보다

앞섰다.

하지만 내공을 사용하는 강호빈으로 인해 번번이 무릎을 꿇어야만 했다.

강호빈에게 그 나름의 복수를 하기 위해서는 이한열이 육체적인 능력을 비약적으로 끌어올려 내공의 힘을 무너뜨려야만 했다.

"전신에 퍼트린 진기로 몸을 빠르게 움직일 수도 있다고? 이걸 활용하면 참으로 좋겠는데 구결이 제대로 해석되지 않아."

이한열이 입맛을 다셨다.

진기를 폭발적으로 이용하여 몸을 빠르게 하는 대신에 진기의 소모가 막심하다. 그리고 육체의 힘이 급속도로 소진된다는 단점도 있다.

"다음에 구결을 완벽하게 이해하면 그때 익히자."

이한열은 금방 쾌속신체라는 부분에 대한 미련을 털어버렸다.

외가비망에는 외문무공을 익힌 사람들을 위한 위력적인 수단도 있었고, 또 누구나 쉽고 편안하게 사용할 수 있는 기술들도 존재했다.

"몸을 가볍게 하거나 무겁게 할 수도 있구나. 무게를 가감하는 것이 경신법의 기초이다. 몸을 가볍게 하면 이동속도가 올라가고, 무겁게 하면 안정된 자세를 유지할 수 있다."

이한열의 눈빛이 반짝였다.

외가비망을 통해 이한열이 새롭게 익히고 있는 수법이 몇 가지 됐다.

그중에는 창공을 나는 매처럼 밝은 눈으로 보는 안법도 있었다.

맑고 예리한 눈은 적의 약점을 꿰뚫어 보는 힘이 있고, 이길 수 있는 힘의 원천이 된다.

호흡을 극단적으로 늘릴 수도 있다.

폐활량이 증가하면 끊이지 않고 연결하여 움직일 수 있는 동작이 늘어난다.

이는 연계필살의 수단이다.

그리고 힘을 모아 강하게 한 방에 공격하는 일격필살의 수단도 있다.

여러 기회를 보지 않고 상대의 수비도 꿰뚫고 들어가서 단번에 강력한 힘으로 쓰러뜨린다. 가지고 있는 힘을 한 점에 모아서 타격한다.

이한열은 다음 대련에 도움이 될 만한 것들을 머릿속에 꾹꾹 집어넣었다.

"이것들은 진기 소모가 적지 않군."

앞의 수단들을 펼치기 위해서는 온몸에 펼쳐 둔 진기를 사용해야 했다.

하지만 이한열의 미천한 내공으로는 펼칠 수 있는 시간이 적었다.

"줄기차게 이용할 수는 없어. 결정적인 순간에 빠르게 사용해야 해."

이한열이 깨달았다.

그간 대련을 해본 결과, 승패를 결정하는 시간은 찰나였다.

찰나가 이어지면서 시간이 걸릴 뿐이었다.

대련에서 결정적인 순간은 그렇게 많지 않았다.

"적은 진기로도 충분히 이길 수 있어. 강호빈을 아주 박살을 내는 거다."

이한열이 주먹을 불끈 쥐었다.

부르르! 부르르!

주먹이 마구 요동쳤다.

단 한 번도 때려 보지 못하고 맞기만 했던 세월이었다. 그런 암울한 세월에서 이한열이 반격할 수 있는 훌륭한 무공을 찾아냈다.

"그 전에 이해한 수단들을 사용해 보자. 진기의 소모가 어느 정도이고 사용할 수 있는 시간이 얼마인지 알아야 한다.”

이한열이 말했다.

그는 무턱대고 싸우는 사람이 아니라 미리부터 철저하게
준비하는 사람이었다. 불특정한 요소를 제외하고 싸움을
철저하게 자신의 예상 범위 안으로 불러들이려고 했다.

그는 학사였다.

학사는 미리 준비하는 자이기도 했다.

과거 공부도 미리부터 준비하여 열매를 맺는 것이 아닌
가!

준비에 있어서 이한열은 이미 검증을 마친 자였다.

사용할 수 있는 무공들은 싸움 와중에 처음 사용하는 것
보다 미리 펼쳐서 몸과 마음에 익숙해지는 편이 좋았다.

획! 휘익!

이한열의 손이 와류를 일으키면서 허공을 질주했다.

우우웅! 우우웅!

허공의 한 점을 강타한 이한열의 주먹에 의해 일대의 공
기가 흔들렸다. 공기를 묵직하게 울린 소리가 이한열의 귓
가에 환상적으로 울렸다.

이처럼 강력한 공격을 펼친 건 이한열로서도 처음이었
다.

“좋구나.”

이한열은 방금 펼쳤던 전사와경의 위력에 흡족했다.

"전사와경이 강하기는 한데 진기의 소모가 적지 않아. 정말 필요한 순간에 사용해야 해. 만약 전력으로 펼친다면 오 초식도 사용할 수 없어."

이한열이 전사와경을 펼쳤을 때 소모된 진기의 양을 파악했다.

"이번에는 근력첩폭을 사용해 보자."

이한열은 여관숙이 펼쳤던 근력첩폭을 떠올렸다.

근육에 녹아들어 있는 힘들이 진기로 격발되면서 그의 온몸에 활력이 돌았다. 활력이 단전의 진기와 합쳐지면서 평소보다 강한 기운을 뿜어냈다.

스팟!

이한열의 두 눈에서 강렬한 기운이 솟구쳤다.

휘익!

육합보법을 펼치고 있는 이한열의 육체가 바람처럼 표홀하게 나아갔다. 육합권처럼 쉽게 구할 수 있는 단순한 육합보법이었지만 지금 이한열의 속도가 더 빨랐다.

근력첩폭을 사용한 그의 몸놀림은 눈부셨다. 평소 이한열이 낼 수 있는 최고의 속도보다 족히 두 배는 빨랐다.

"역시 근력첩폭은 공격보다 경신법이 어울려. 공격에 사용하면 일시에 폭발적인 힘을 발휘할 수 있을지 몰라도 지속성이 없어. 차라리 경신법으로 돌려서 속도를 올리는 편이 나에겐 더 효율적이야."

이한열이 근력첩폭의 활용 방법에 대해 결정을 내렸다.

변변한 경신법을 가지고 있지 못한 이한열은 강호빈의 신묘한 경신법에 의해 항상 커다란 곤욕을 치렀다. 동에 번쩍 서에 번쩍하는 강호빈이 이한열을 마음대로 때려 왔다.

근력첩폭을 사용할 경우, 이한열도 강호빈의 경신법을 상대할 수 있었다.

"근력첩폭도 짧게 끊어 가면서 사용해야겠군. 미약하게 사용했는데도 불구하고 벌써부터 육체의 힘이 약해졌음이 확연하게 느껴진다."

이한열이 육체의 상태를 면밀하게 점검했다.

그는 약해진 근육으로 인한 몸놀림의 변화까지 꼼꼼하게 파악해 나갔다.

"이제 마지막으로 역혈증폭을 사용해 보자."

이한열이 말과 함께 역혈증폭을 펼쳤다.

스으으! 스으으!

십이정경맥과 기경팔맥을 따라 순리대로 돌던 진기가 역혈증폭과 함께 거꾸로 돌기 시작했다.

이한열의 외문무공 수련은 고유의 순행로를 가지고 있었다. 그러나 역혈증폭으로 인해 그 순행로에서 완전히 벗어나게 됐다.

역으로 움직이는 흐름으로 인해 다른 경맥과 연결되어 진기들이 흘렀다.

진기가 거꾸로 돌기 시작하면서 평소에는 잘 사용하지 않는 낙맥과 손락, 부락, 혈락 등과 십이경근, 십이피부에서 기운들이 흘러나왔다.

우우웅! 우우웅!

진기와 기운들이 상응하면서 이한열의 몸에 기묘한 소리가 울렸다. 그것들은 너무나도 미약해서 오직 이한열만 들을 수 있는 소리였다.

두근! 두근!

온몸을 뒤덮고 있는 강렬한 힘에 취한 이한열의 심장이 강하게 뛰었다. 평소의 세 배는 족히 넘을 힘을 가진 이한열은 모든 걸 할 수 있을 것만 같았다.

"철사장!"

이한열이 외침과 함께 손을 내뻗었다.

콰아아! 콰아아!

요란한 소리와 함께 약간 거무튀튀해진 손이 앞으로 쭉 나아갔다. 철의 기운을 담은 손바닥이 빳빳하게 허공을 짓이겼다.

퍼어억!

철사장에서 흘러나온 강한 경기가 벽을 그대로 때렸다. 요란한 소리와 함께 단단한 벽에 이한열의 손바닥이 고스란히 새겨졌다.

파스스! 파스스!

벽에서 돌가루가 새어 나왔다.

"이것이 역혈증폭의 힘이구나. 역혈증폭이 철사장에 강한 힘을 실어 줬어."

이한열이 중얼거렸다.

남만에서 공수해 온 묵철사로 수련을 하고 있지만 수련이 다른 외문무공들에 비해 늦었기에 성취가 가장 낮은 철사장이었다. 하지만 역혈증폭으로 시전한 철사장은 놀라웠다.

"철사장 본연의 위력을 익히고 역혈증폭과 함께할 경우가 기대된다."

이한열의 눈빛이 반짝거렸다.

그때였다.

혈색 좋던 이한열의 안색이 빠르게 창백하게 변해 갔다. 동시에 혈도와 혈관, 단전에서 바늘로 콕콕 찌르는 듯한 아픔이 물밀 듯이 밀려왔다.

역혈증폭을 사용한 부작용들이 이한열을 덮쳤다.

꾹!

이한열이 입술을 깨물며 견뎠다.

강호빈에게 무수히 구타를 당하면서 수련하고 있는 구타연신으로 인해 그는 역혈증폭의 부작용도 늠름하게 버틸 수 있었다.

"정확한 순간에 사용하고, 정밀하게 육체의 힘을 끌어내야 한다. 기회는 단 한 번이다."

이한열이 중얼거렸다.

강자인 강호빈을 상대로 약자인 그가 유리한 위치를 차지하는 건 처음이 마지막이자 유일한 기회였다.

"최고로 좋은 방법을 찾아내자."

이한열이 자리에 앉아서 붓을 들었다.

스윽! 슥!

그는 글을 써가면서 방금 전에 직접 경험했던 내용들을 적어 나갔다. 어느 정도 육체의 힘을 끌어올려 강호빈을 상대해야 하는지, 글을 쓰면서 정리했다.

학사인 그는 글을 쓰면서 연습했다.

第十五章
마지막 대결

스윽!

집무실 문이 열렸다.

이한열이 밖으로 나왔을 때는 이미 해가 진 뒤였다.

저벅! 저벅!

이한열은 복도를 따라 걸었다.

주자소의 일터와 공간에는 이미 아무도 남아 있지 않았다.

저벅! 저벅!

외가비망을 통해 새로운 무공을 많이 배운 이한열이 연무장을 향해 걸었다.

이한열의 시야에 연무장에 있는 금군 위사들의 모습이 보였다. 그런데 평소라면 연무를 하고 있을 금군 위사들이 지금은 원을 그리면서 모여 있었다.

무거운 기운을 뿌리고 있는 그들의 모습이 왠지 심상치 않았다.

"무슨 일이지?"

이한열이 조용하게 걸어갔다.

"만리장성 너머의 사정이 점점 어려워지고 있다. 만리장성이 뚫리면 오랑캐들의 다음 목표는 바로 이곳, 북경이 될 수도 있다."

장수교위 민익학이 소리쳤다.

좋지 않은 소식을 전하고 있는 그의 얼굴 표정이 몹시 어두웠다.

만리장성 너머 여진족의 움직임이 심상치 않았다.

"반년 전에 안진호 대장군께서 가시지 않았습니까?"

안진호는 노군개국공에 봉해진 대장군으로, 좌군도독부의 수장인 도독을 겸하고 있었다. 그는 오군도독부에서 병력을 차출하여 직접 만리장성까지 출정했다.

오군도독부는 명의 군사 체계의 핵심이다.

그리고 오군도독부를 총괄하는 대도독부는 군사의 최고 기관이다.

오군도독부는 호남, 강서, 복건, 광동을 관할하는 전군
도독부, 감숙, 녕하, 섬서 북부, 하북을 관할하는 후군도독
부, 요녕, 산동, 강소, 절강을 관할하는 좌군도독부, 사천,
운남, 귀주, 광서, 섬서 남부를 관할하는 우군도독부, 하
남, 안휘, 호북을 관할하는 중군도독부로 이뤄졌다.

"안타깝게도 얼마 전 교전 중에 돌아가셨다."

민익학이 우울한 음성으로 답했다.

"헉! 대장군께서……."

"용장이자 지장인 안진호 도독께서 돌아가시다니, 믿을
수가 없군."

금군 위사들이 크게 놀랐다.

오랑캐를 정벌하고 돌아올 거라 믿었던 안진호가 전장에
서 사망했다. 그것으로 끝이 아니었다. 안진호가 이끌던 군
대가 대패를 당해 버렸다. 출정한 십만 병력 가운데 이만
명도 살아서 돌아오지 못했다.

"만리장성을 지키기 위해 오군도독부뿐만 아니라 구문
제독부에서도 병력을 뽑기로 했다."

민익학이 좋지 않은 최후의 소식을 전했다.

"뭐라고요? 구문제독부의 금군은 황궁을 수호해야 합니
다. 왜 만리장성까지 출진해야 합니까?"

"구문제독부에서 병사들을 차출하겠다는 것은 말이 안

되지요."

"누가 결정한 일입니까? 없던 일로 해야 합니다."

듣고 있던 금군 위사들이 반발했다.

구문제독부는 북경의 황궁만을 경비하는 기관이다.

오군도독부에 비해 규모가 작지만 황궁을 담당하고 있기에 최고의 권한을 가졌다고도 할 수 있었다.

오직 황궁만을 지키는 구문제독부의 병사들이 만리장성으로 간다니?

위급할 경우 구문제독부의 금군이 야전군이 될 수도 있다지만, 이런 일은 지금까지 단 한 번도 없었다.

상황이 그만큼 심각하다는 반증이었다.

'쯧쯧! 나라 꼴이 참으로 말이 아니구나.'

이한열이 속으로 혀를 찼다.

돌아가는 상황을 보니 황제가 구문제독부의 군사들까지 만리장성으로 보내려는 모양이었다.

예전부터 어렵다는 이야기는 들었지만 이 정도까지 심각할 줄은 그도 몰랐다.

'바야흐로 세상이 요동치는 쟁패의 시대가 도래했다.'

황실이 구문제독부의 병력까지 차출하려고 한다는 사실에서 이한열은 격변하는 세상사를 확실하게 느꼈다.

난세의 도래로 인해 세상의 평화로운 날은 사라지리라!

'전쟁이 벌어지면 결국 백성들만 고스란히 피해를 본다.'

황실과 조정은 만리장성에서 전쟁이 벌어지고 패전까지 당하고 있는데도 불구하고 여전히 파벌을 나눠 차기 황제를 만들기 위해 싸우는 데 여념이 없었다.

'이러니 질 수밖에 없지.'

이한열이 속으로 중얼거렸다.

힘을 하나로 뭉쳐도 부족할 판에 사분오열했다.

적전분열로 인해 나라의 진실한 힘이 발휘되지 않았다.

이렇게 시간이 지나면 젊은 사내들이 전장에서 싸워야 하고, 노인과 여인들은 성을 쌓는다. 대장장이들이 병기를 만들고, 군량미를 쌓기 위해 백성들은 배를 주려야 한다.

난세에서 벌어지는 전쟁은 끔찍한 사태를 불러온다.

그런 사실이 역사를 통해 이미 증명됐다.

이한열은 사람들이 산에서 풀뿌리를 뜯어 먹는 광경을 떠올렸다.

만약 과거에 급제하지 못했다면 가난했던 그도 나무껍질과 풀뿌리로 연명해야만 했다.

이한열은 앞으로 도래할 앞날에 대해 곰곰이 생각했다.

"함부로 말하지 말라. 이는 위에서 결정한 내용이다!"

민익학이 외쳤다.

함부로 떠들었다가 황제 직속의 금의위와 동창의 귀에 들어가면 크게 낭패를 당할 수도 있었다. 두 특무기관은 밤낮을 가리지 않고 사람들을 감찰했다.

입을 함부로 놀렸다가 오해를 사게 되면 자신의 목숨뿐만 아니라 가문까지 한순간에 날아간다.

"지원해도 됩니까?"

강호빈이 물었다.

"지원자도 받는다고 들었다."

"그렇다면 저는 지원하겠습니다. 보내 주십시오."

다혈질인 그에게 황궁은 어울리지 않았다.

차라리 피를 보고 마음껏 싸울 수 있는 전장이 어울렸다.

그렇기에 강호빈은 자신에게 어울리는 장소를 선택했다.

그리고 이번 기회에 강호빈이라는 이름을 천하에 떨치겠다는 포부도 있었다.

난세가 인걸을 낳는 법, 그는 야망이 있었다.

"헉! 오랑캐와 싸우기 위해 전장으로 떠난다고?"

비무 상대인 강호빈의 지원에 이한열의 입에서 놀란 외침이 튀어나왔다.

"그대는 누구시오?"

민익학이 미간을 찌푸리며 사납게 물었다.

금군 위사들 틈에서 검은 무복을 입고 있는 이한열의 복장은 눈에 확 띄었다.

민익학은 생면부지의 이한열이 금군 위사들 사이에서 이야기를 듣고 있단 사실에 불쾌감을 드러냈다.

허락받지 않고 금군 위사들에게 하달된 이야기를 들은 건 죄였다.

"주자소의 부정자이오."

이한열이 담담하게 말했다.

그가 민익학에게 꿀릴 이유는 전혀 없었다.

종칠품으로 신분도 같았고, 또 그에게는 연무장에 와야 할 이유도 있었다. 애당초 그를 연무장으로 이끈 건 강호빈이었다.

"부정자가 여기에는 무슨 일이오?"

과거 급제를 통해 임명된 진사의 등장에 민익학이 의아해했다.

민익학은 나름 유명 인물인 이한열을 몰랐다.

고지식한 그는 오직 일밖에 모르고 살았고, 친하게 지내는 사람이 거의 없었다. 그리고 민익학 앞에서 다른 사람들 또한 이한열과 강호빈의 대결에 대해서 떠들지 않았다.

우연찮게도 이한열과 강호빈의 비무 대결 역시 항상 그가 없을 때만 이뤄졌다.

그런데 위에서 내려온 중대하고 비밀스러운 사항을 하달

하는 과정에서 이한열이 나타났다.

"대결을 하려고 왔소."

이한열이 당당하게 말했다.

민익학은 눈을 깜빡이면서 잠시 생각하였다.

이한열은 꼿꼿하게 선 채 그가 상황을 이해하기까지의 시간을 기다려 줬다.

"대결이라니, 무슨 소리요? 이상한 소리 하지 말고 당장 나가시오."

민익학이 축객령을 내렸다.

나약한 문관이 강인한 무관과 대결을 하겠다는 소리였다.

이건 있을 수 없는 일이었다.

"예전부터 강호빈 도두와 대결을 해왔소. 대결을 통해서 무지하게 많이 맞았다오. 이해하지 못하겠으면 저쪽의 강호빈에게 물어보시오."

이한열이 강호빈을 턱짓으로 가리키며 말했다.

이한열의 말과 행동은 너무나도 당당했다.

부르르!

거짓말이 아니라는 사실을 알아차린 민익학의 몸이 떨렸다.

무관의 문관 폭행은 심각하고 중대한 사건이었다.

"강호빈!"

대노한 민익학이 강호빈을 노려보았다.

사나운 민익학의 눈초리를 접한 강호빈의 안색이 일그러졌다.

"부정자께서 무공을 알고 싶다고 하기에 손속을 나눴을 뿐입니다."

강호빈이 변명했다.

"부정자가 학문에 정진하지 않고 왜 도두인 너와 손속을 나눠? 웃기는 소리! 대련을 핑계로 윗사람을 구타한 큰 잘못을 저지른 너를 전장으로 보내 줄 수는 없겠구나!"

민익학이 일갈했다.

"그것은 재고해 주십시오."

강호빈의 안색이 딱딱하게 굳어졌다.

남자의 일생을 걸고 전장으로 나가려고 했는데 뜻밖에도 암초에 부딪혔다. 뻣뻣하게 굳어져 가는 강호빈이 안쓰럽게 느껴질 정도였다.

"어림없다. 내일 아침이 밝는 대로 너에 대해서 위에 보고하겠다. 위에서 처벌이 내려오기 전까지 근신하라!"

민익학이 싸늘하게 강호빈을 바라보았다.

부정자를 구타한 강호빈의 행동은 벌을 받아 마땅했다.

그리고 부하를 잘못 다스렸기에 민익학 역시 책임을 완

전히 면할 수는 없었다.

그때였다.

"웃기는 소리가 아니오. 강호빈 도두의 말은 모두 사실이라오."

이한열이 민익학과 강호빈의 대화에 끼어들었다.

"정말이오?"

민익학이 말했다.

딱딱하게 굳어져 있던 그의 얼굴이 미약하게나마 풀렸다.

"자발적으로 내가 원해서 한 대결이라오. 강호빈 도두와의 대결을 통해 근래 외문무공에 대해서 공부하고 있소이다."

이한열이 고개를 끄덕였다.

'휴우!'

민익학은 속으로 안도의 한숨을 내쉬었다.

쌍방이 동의한 대결이라면 큰 문제가 아니었다.

약간의 미심쩍은 부분이 있는 것은 사실이었지만 좋은 것이 좋은 것이었다. 들쑤셔 봐야 부하 관리 소홀로 자신까지 다칠 터였다.

본인도 피해를 입기에 더욱 화가 났었는데, 다행스럽게도 이한열은 문제를 제기할 생각이 없어 보였다.

"강호빈 도두가 외문무공 수련에 아주 큰 도움이 되고 있소. 그런 도움을 받기 위해 오늘도 찾아온 것이오."

이한열이 말했다.

사실 그의 말은 딱히 틀리지 않았다.

강호빈의 인정사정없는 구타가 연금종주 수련에 있어 크게 도움이 됐다. 그의 구타가 없었다면 아직도 성과가 미미했을 것이다.

"그렇구려."

민익학이 고개를 끄덕였다.

외문무공을 완성하려면 외부의 충격이 필요했다.

그런 충격을 이한열이 강호빈을 이용해서 충족시킨 것이었다.

'대단한 정신력이군. 성질머리 더러운 강호빈이 혹독하게 때렸을 텐데, 그걸 버티고 외문무공을 수련했어.'

이한열을 바라보는 민익학의 눈초리가 호의적으로 바뀌었다.

'무지막지하게 맞아서 성장한다? 강호에서도 외문무공을 익히는 사람이 점점 줄어들어 가고 있는데 학사가 참으로 가시밭길을 걸어가는구나.'

그는 언뜻 샌님으로 여겼던 이한열이 진심으로 무공을 수련한다는 것을 알았다.

"강호빈! 부정자와 대결을 해드려라."

민익학이 흔쾌히 말했다.

"예전부터 느꼈던 것이지만 부정자는 정말 남자이시군요."

강호빈이 앞으로 나서면서 너스레를 떨었다.

"신성한 남자들의 대결이잖소."

이한열이 강호빈을 따라 공터로 걸었다.

둘이 일 장의 거리를 두고 마주 섰다.

민익학을 비롯한 다른 금군 위사들이 그들을 원으로 빙 둘러쌌다.

"오늘이 마지막 대결이 되겠군요. 내일부터는 전장에 나가야 하기 때문에 저도 준비할 것이 많아서요."

강호빈이 말했다.

구할 수 있으면 산삼을 비롯한 영약도 구해야 했고, 병기로 사용하는 창도 어렵게 구한 만년한철을 섞어서 만들어 달라고 새롭게 주문해야 했다.

그리고 그는 마지막으로 전장에 나가 있을 때 서신을 주고받을 여자 친구도 장만할 생각이었다. 만리장성 넘어서 받는 여자 친구의 서신은 참으로 특별한 맛이라고 경험했던 병사들에게 전해 들었다.

앞으로 이것저것 준비하려면 더는 이한열과 노닥거릴 시

간이 없었다.

"마지막 대결이라?"

이한열이 중얼거렸다.

강호빈과 대결을 하게 되면서 구타연신을 통해 많은 도움을 받았다.

그동안의 기억들이 이한열의 뇌리에 주마등처럼 스치고 지나갔다. 그런데 생각해 보니 두들겨 맞은 기억밖에 없었다.

'썩을……. 이대로 고이 보내 줄 수는 없지. 오늘은 기필코 때려 주고야 말겠다.'

이한열이 전의를 다졌다.

두들겨 맞은 채로 강호빈을 보냈다가는 원통해서 잠도 오지 않을 것만 같았다.

"마지막 기념으로 평소보다 강렬하게 해드리겠습니다."

강호빈이 주먹을 불끈 쥐면서 말했다.

"오늘은 특별한 날이 될 거야."

"하하하하! 마지막이니까 특별하겠지요."

"와라!"

이한열이 눈빛을 빛냈다.

꿈틀! 꿈틀!

이완되었다가 조여진 전신의 근육들이 살아 있는 것처럼

요동쳤다. 언제라도 반응할 수 있도록 최적의 상태가 마련됐다.

"갑니다."

강호빈이 그 말과 함께 일 장의 공간을 단숨에 좁혔다.

후웅!

그가 주먹을 사선으로 날렸다.

이한열의 오른쪽 가슴을 향해 주먹이 묵직하게 쇄도했다. 일체의 군더더기를 배제한 깔끔한 일격이 바람 소리를 동반했다.

슥!

주먹이 가까이 올 때까지 기다렸던 이한열이 원을 그리면서 회전했다. 강호빈의 측면으로 이동한 그가 주먹을 내질렀다.

"많이 늘었군요. 하지만 아직 멀었습니다."

강호빈이 내뻗은 주먹을 가슴 앞으로 끌어당겼다가 쇄도하는 이한열의 주먹을 향해 빠르게 내뻗었다.

휘릭!

강호빈이 어깨와 팔꿈치를 회전시키면서 전사경을 주먹질에 가미했다.

콰득!

주먹과 주먹이 정면으로 충돌했다.

"큭!"

이한열이 휘청거리며 침음을 흘렸다.

손에서 시작된 고통이 전신을 타고 치달렸다.

"전사경이라는 겁니다. 화끈하지요?"

"후끈 달아오르는군."

이한열이 강호빈을 향해 달려들었다.

강호빈 역시 이한열을 향해 장을 뻗었다.

퍽!

장이 그대로 이한열의 가슴을 때렸다.

이번에도 역시 장에 전사경이 포함됐다.

"커억!"

이한열이 답답한 신음을 토해 냈다.

아픔을 견뎌 낸 이한열은 그대로 강호빈에게 접근했다. 그나마 그가 강호빈에게 이길 수 있는 방법은 근접 격투밖에 없었다.

"후후후! 포기하지 않고 달라붙는 그 기백은 정말 훌륭합니다."

강호빈이 말했다.

그는 이한열의 생각을 훤히 짐작했다.

하지만 멀찌감치 떨어지지 않고 더욱 이한열에게 바짝 달라붙었다.

원거리에서 공격하는 것보다 가까운 거리에서 손으로 때리는 것이 좋았기 때문이다.

구타는 손맛이었다.

후웅!

후우웅!

이한열의 좌우에서 강호빈의 주먹들이 동시에 쇄도해 들어왔다.

쌍룡쟁투라는 초식이었다.

"젠장!"

피할 수 없다는 사실을 직감한 이한열이 피해를 최소화하기 위해 오른발을 축으로 빙글 돌았다. 팽이처럼 회전하면서 원을 그리며 공격에서 벗어나려고 했다.

전사경이 실려 회오리치는 쌍룡쟁투가 회전하고 있는 이한열의 옆구리를 노렸다.

고도로 집중한 이한열이 타격 지점에 진기를 끌어 모았다.

퍽!

퍼억!

육중한 타격 소리가 둔탁하게 울렸다.

찌이익!

강호빈의 주먹에 휘말린 옷자락이 찢어졌다.

이한열이 회전을 통해 주먹을 정통으로 맞지 않고 스치고 지나가게 만들었기 때문이다.

'짧은 사이에 이렇게 실력이 늘어나다니!'

강호빈은 적잖이 놀랐다.

그가 이한열과 처음 대결했을 때는 장난감처럼 데리고 놀 수 있었다. 하지만 차츰 시간이 지나면서 이한열의 움직임이 기민해졌다.

구타연신을 통해 이한열의 육체가 튼튼해지고, 여관숙의 실전을 간접 체험하면서 깨달은 무공들을 통해 강해졌기 때문이다.

'전사경까지 견뎌 내고 있다니 놀라워.'

강호빈이 감탄했다.

전사경에 당하게 되면 꽈배기처럼 몸이 배배 꼬이는 지독한 고통을 겪는다. 몸속으로 파고드는 전사의 고통은 끔찍했다.

그런데 그런 고통을 당하면서도 이한열은 강호빈의 곁을 떠나지 않았다.

스팟!

이한열의 눈빛이 어느 때보다 강렬하게 타올랐다.

그리고 그런 이한열을 상대로 강호빈이 경쾌하게 몸을 움직이면서 꾸준하게 주먹을 내질렀다.

퍽!

퍼억!

손에 가득 전해지는 감촉이 그의 입가에 미소를 짓게 만들어 줬다. 외문무공을 익히고 있는 이한열은 육체의 감촉이 쫄깃쫄깃했다.

'때리는 맛이 있다니까.'

강호빈은 손맛에 전율했다.

퍽! 퍽!

빡! 빠악!

구타 소리가 이한열의 몸에서 연달아 구성지게 흘러나왔다.

"고운 소리! 맑은 소리! 부정자의 몸이 악기로군요."

강호빈이 웃으며 말했다.

스팟!

전사경을 담은 강호빈의 주먹이 이한열의 얼굴을 노리면서 번개처럼 쇄도했다.

휙!

이한열이 부러질 것처럼 격하게 고개를 옆으로 꺾었다.

다행스럽게도 주먹이 얼굴을 스치고 지나갔다.

핏!

기묘한 소리와 함께 이한열의 볼이 찢겨 나갔다.

주르륵! 주르륵!

피가 흘러나오기 시작했다.

만약 제대로 적중당했다면 코가 부러졌을지도 모르는 강력한 일격이었다.

스팟!

이한열의 두 눈에서 독기가 솟구쳤다. 무지막지한 일격을 가까스로 피했으면서도 강호빈에게 더욱 달려들었다.

그런 이한열을 상대로 강호빈이 여유롭게 움직였다.

'기회다.'

이한열은 방심하고 있는 강호빈을 보면서 눈빛을 번뜩였다.

얻어맞으면서도 사식 호흡을 유지하고 있던 그는 구타연신을 통해 진기를 육체에 퍼트렸다 다시금 단전으로 이끌었다.

휘이잉! 휘이잉!

단전의 진기가 혈도와 혈관을 타고 강렬하게 휘감아 돌았다.

'역혈증폭!'

진기의 흐름이 한순간에 노도처럼 거꾸로 흘러갔다.

콰콰콰! 콰콰콰!

역으로 질주하는 진기가 고통과 함께 이한열에게 세 배

는 강력한 힘을 안겨 줬다.

번쩍!

이한열의 눈에서 강렬한 빛이 번뜩였다.

〈다음 권에 계속〉

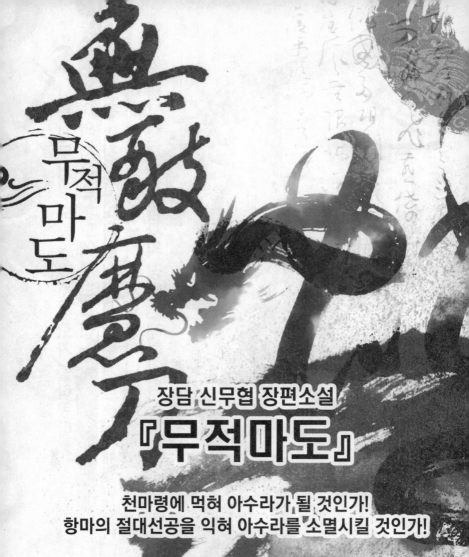

無敵魔道
무적마도

장담 신무협 장편소설

『무적마도』

천마령에 먹혀 아수라가 될 것인가!
항마의 절대선공을 익혀 아수라를 소멸시킬 것인가!

내 운명을 결정할 사람은 결국 나 자신뿐.
세상이 나를 원치 않는다면,
내 뜻대로 천하를 세우리라!

dream
books
드림북스

가우리 신무협 장편소설

ORIENTAL FANTASYSTORY & ADVENTURE

대한민국, 강철의 열제 가우리가 돌아왔다!
전쟁터에서 필사적으로 굴러먹던 인간 장무위,
그에게도 마침내 기연이 찾아왔다.
삼류도 되지 못했던 한 남자의
처절한 일대기가 이제 시작된다.

dream
books
드림북스

박찬규 신무협 장편소설

ORIENTAL FANTASYSTORY & ADVENTURE

단우비

『태극검제』, 『혈왕』, 『천리투안』의 작가!
박찬규 신무협 장편소설

『단우비』

제비? 아니, 이제 낭인 소년 제비가 아니다.
전장에서 자라난 두 날개로 웅비할, 단우비다!

dream
books
드림북스

DARK EMPEROR

흑제

오렌 퓨전 판타지 장편소설

FUSION FANTASY STORY & ADVENTURE

『무한의 강화사』,『무한의 마도사』
만인의 작가 오렌이 선보이는 명품 판타지!

『흑제』

이로이다 대륙을 평정하는 중원의 살수.
무혼의 이야기가 이제 시작된다.
거침없는 그의 행보에 동참하라!

dream
books
드림북스

박정수 판타지 장편소설
FANTASYSTORY & ADVENTURE

뱀파이어
무림에 가다

인간으로서 숨 쉬는 법을 잊었으나 잊지 않으려는 자,
핏줄의 계보를 거슬러 어둠의 일족이 된 자,
붉은 눈의 그림자이며, 야현이라 불리는 자,
그가 무림으로 돌아왔다!

핏빛 눈동자로 연주하는
공포의 선율, 죽음의 송가!

뱀파이어로서 다시 무림에 발을 들인 그날에도
다만 운명은, 찬연히 빛날 따름이었다.

★
dream
books
드림북스

DREAMBOOKS★